網路飛刀點評金庸武俠人物

飛雪連天射白鹿

春曉　元迎探惜著

目錄

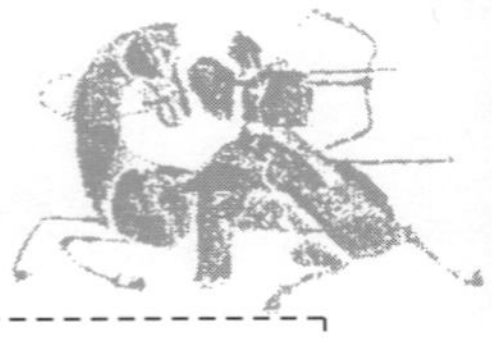

射雕英雄傳 123

白馬嘯西風 177

鹿鼎記 191

飛狐外傳

飛狐外傳

《飛狐外傳》是和《神雕俠侶》同時創作的，金庸在那時，一邊替《明報》寫《神雕俠侶》，一邊替一本叫《武俠與歷史》的雜誌寫《飛狐外傳》。雖說是左右開弓，但對於兩篇小說的品質卻並無影響。該書是《雪山飛狐》的前傳，卻寫於其後，二者相關聯，卻不完全統一。此書之中人物更為增多，人物性格更為豐滿。而該書的主人翁胡斐更是受到作者偏愛，納入「喬峰、楊過、郭靖、令狐沖」之列。只是，《飛狐外傳》是為補《雪山飛狐》的不足，專為胡斐這個人創作的，因此，在寫作中受到《雪山飛狐》的牽制，這對金庸才華的發揮很是不利，所以在金庸作品中地位不高。

胡斐

胡斐

遼東大俠胡一刀之子。自幼父母雙亡，被平阿四養大，為了替父母報仇，苦練胡家刀法。若干年後，當殺父仇人真的站在他面前時，他卻發現這是他人生中最大的難題。其人性情豪邁，素有俠義心腸。

胡斐

胡斐自幼父母雙亡，沒有享受過一天父母的呵護與關愛，但是骨子裡卻遺傳了父母的英勇與豪氣，從小就顯示出過人的膽識。在商家堡的鐵廳中，若不是他機智勇敢，鐵廳中的眾英雄恐怕早已化為灰燼。

胡斐是真正的俠士，完全可以與英國最優秀的騎士媲美。這一點，僅從他對馬春花的感恩和對鳳天南的仇視就可以看出來。馬春花為他求情的一句話，讓他記了一生。後來為救馬春花，他屢次身陷險境，卻無怨無悔。他與鳳天南勢不兩立，一路追殺到北京，只是為了替鍾阿四一家四口報仇，而他原本與鍾阿四一家素不相識，沒有一點交情。不為名，不為利，胡斐好像是為了伸張正義才來到這個世界上的，他只要往那兒一站，你似乎就能感覺到一種正氣自天地間生起。遇到敵人，胡斐總是喜歡用一種滑稽的態度去面對。他武功高強，刀法嫻熟，一招一式都舞得輕鬆優美，再加上有時還要用點機巧，所以好像每次都贏得輕鬆自然；他心地淳厚，不到萬不得已絕不會置敵人於死地；他光明磊落，豪爽大氣，是崇尚英雄的少女們心中的偶像。

紫衣是胡斐的初戀，是他生命中的一縷青煙，一顆流星，在他生命的長河中一劃而過沒了蹤影。紫衣的出現，讓他品嘗到了愛情的滋味——酸酸甜甜，還有一點澀口。此時的胡斐雖然情竇初開，卻顯得經驗不足，後來遇到苗若蘭時就大不一樣了。才第二次見面，他竟然就敢大著膽子親吻若蘭的臉頰，雖然當時兩人相距很近，誤撞在一張床上，天時地利人和，但也要胡斐有勇氣才行。所以說經歷了袁紫衣與程靈素兩位姑娘後，胡斐對待感情雖然說不上像他使用胡家刀一樣遊刃有餘，至少也是駕輕就熟了。對紫衣他一直不敢表白，到最後才說出真心話，不過為時已晚。對程靈素說得最動聽的一句話也只是：「我救馬姑娘，我與你同死。」而到了苗若蘭這裡，卻很快立下誓言：「胡斐終身不敢有負。」幾句交談之後就直接進入正題，胡斐道：「宜言飲酒，與子偕老。」若蘭答：「琴瑟在御，莫不靜好。」綿綿情意就在這對答之間盡情抒發。

胡斐的身世讓人想起了趙氏孤兒，只不過胡斐的父親是被苗人鳳誤殺，而趙武的父親是被奸人陷害。趙武後來痛快地報了仇，而胡斐面對著殺父仇人卻下不了手，連金庸先生想過去想過來也替他拿不了主意。心愛的姑娘在雪地裡乾巴巴地等著，這邊自己卻和姑娘的父親一番惡鬥，那一掌劈與不劈就在一念之間。因為他知道那一掌面對的不只是苗人鳳的生命，還有自己的未來，實在是難煞他也。我們的生活中總是充滿了戲劇性，無數的矛盾與情感交織在一起，構成繁複的人生。在凝冰積雪的山壁間，兩人都命繫懸崖，胡斐又怎能在一瞬間將這凌亂如麻的思緒理得清楚。這樣的愛恨情仇，要在兩個頂天立地的英雄中來解決，實在不是一樁美事。但是以兩人的品質與個性來看，無論怎樣解決，我想都不會讓眾人失望，因為偶像一經確立，也不是那麼容易改變的。

程靈素

毒手藥王無嗔大師的關門弟子，擅長用毒，因種成了「七心海棠」，在藥王的四個徒弟中顯得技高一籌。心地善良，是非分明，性情高潔，沉穩機敏。

程靈素

程靈素這個名字聽起來十分乾淨。靈有敏捷、聰明的含義，素的基本意思是白色、本色。這兩個字的含義基本上概括了程靈素的性格。

程靈素肌膚黃瘦，原本算不上美女，可是每笑起來，便神采煥發，猶如春花初綻。可見人的氣質，總是由裡到外的一種呈現。沒有遇上胡斐之前，她在洞庭湖畔白馬寺的那片花叢中生活得寧靜安詳。儘管有幾個討厭的師兄師姐經常在周圍糾纏，可是以她的功夫，對付他們綽綽有餘，所以她的生活始終是寧靜的。

然而胡斐的到來，擾亂了她的寧靜，她不由自主地跟著他走出了那片花叢。即便她是毒手藥王的高徒，身懷絕技，可是又有哪一種毒藥，能夠斬斷自己對胡斐的情思?想來世上毒性最強的藥不應是「七心海棠」，更不是什麼孔雀膽、鶴頂紅，而是那份讓人意亂情迷的牽引，那才是真正找不到解藥的毒藥啊!於是她別無選擇地跟他去了。胡斐為了苗人鳳來求解藥時，她微笑著對胡斐說道：「你若求我，我便去。」這是一種怎樣含蓄委婉的相許？只這一句話，她便將自己交與胡斐了。只是胡斐這個愣頭愣腦的小子又怎能明白姑娘細密的心思。

她對胡斐的愛戀，是在悄然無聲中滋生的，像花瓣輕輕落在地上。她安安靜靜地愛著，安靜得讓每日與她朝夕相處的胡斐毫無覺察。然而這場愛戀，終究是落花有意，流水無情，胡斐心中念念不忘的人是袁紫衣。一支玉鳳凰讓程靈素明白了胡斐的心思，可她還是誠摯深切地愛著，有行動上的退讓，卻沒有感情上的減弱。原來愛是應該具有強大的包容性的，因其包容而更為深沉。一個人對另一個人的愛中如果能夠最大限度地包容，那麼這份愛裡面不僅包含了無盡的關心和愛護，還承載了許多的委屈與痛苦，因而顯得深且沉。沒有包容的愛，不能忍受委屈與傷痛，有一點點不滿意的地方就必須馬上爆發出來，這種愛裡也許不乏關愛與呵護，卻未免顯得淺顯直接，沒有深度。靈姑娘對胡斐的愛，從頭至尾，都是在深深的期待與痛苦中度過的。

程靈素性情高潔，是非分明，沉穩機敏。儘管身懷施毒絕技，卻從不濫殺無辜。每一次用毒，總是精心安排設計，既能懲治惡人，又不傷及生命。師兄師姐作惡多端，為了維護師父的英名，也為了替二師兄父子伸冤，她用計陷害大師兄。一番話說得大義凜然，與她那瘦弱的身形極不相稱，其膽識與心智，也遠遠超過了她的年齡應具有的水準，不得不令人刮目相看。

程靈素是為了救胡斐而死的。從跟著胡斐走出那片花叢，她就等於走上了一條加速死亡的道路。然而她走得從容平靜、快樂幸福。臨死之前，她那幽幽的聲音隱隱透露著一種悲壯：「我師父說中了這三種劇毒，無藥可治。因為他知道世上沒有一個醫生，肯不要自己的性命來救病人。他不知我……我會待你這樣。」是啊，無嗔大師又怎能算到，三大劇毒合在一起，竟也是能找到解藥的，這種解藥就是——生命。以生命為解藥，是程姑娘對胡斐最後一次愛的表達。程靈素的一生，正是：

生如夏花之燦爛，死如秋葉之靜美。

袁紫衣

鳳天南與銀姑的女兒。母親死後，紫衣被峨眉派一個武功高強的尼姑收養，自幼落髮，授以武藝。後又得天池怪俠袁士霄和紅花會等人傳授武功，是以兼各派之眾長。曾一舉奪得九個半幫派的掌門人之位。

袁紫衣

如果說美麗是一種錯誤，那麼紫衣便是一錯再錯。紫衣輕柔、飄逸，像一隻美麗的蝴蝶，長著一對輕盈透亮的翅膀，在胡斐面前飛來飛去，時隱時現，將胡斐的心也搞得七上八下。

紫衣的身世十分淒涼，她是鳳天南一次醜惡行徑的產物，是母親受辱的見證。這樣的出身，會讓人備感心酸與屈辱。有時候，苦命好像也是能遺傳的，苦命的母親生出的女兒注定也不會得到幸福。紫衣一生下來，老天就注定她只能一生與青燈古佛為伴。倘若只是這樣也就罷了，偏偏要來個胡斐，在她生命的里程中與她同行一段，卻又不能走到盡頭。愛情的種子剛剛萌芽，就在佛祖無聲的威逼下將它扼殺在襁褓之中，真是造化弄人！

紫衣是一個很會掩飾自己的女子，明明是來中原報仇的，卻一路嘻嘻哈哈，連玩帶搶，做了九家半門派的掌門人，大鬧天下掌門人大會。誰會想到這個衣裙翩翩、策馬奔馳的美貌少女心中懷有那樣深重的苦難與仇恨呢？遇到胡斐後，她更是難以掩飾少女的純真與頑皮，幾番交往與較量之後，情苗暗茁。待得驚覺，已是柔腸百轉，難以自遣了。不過，自小受佛祖教化的紫衣是一個自我約束能力極強的人。如果生在今天，也必將大有作為，讓她獨當一面，管理一個公司什麼的一定不在話下。因為她懂得不能將工作與感情混為一談，而且做事有計劃，聰明機警，於是最後揮淚斬情絲，刻意迴避胡斐，以免陷入剪不斷、理還亂的境地。紫衣應該是屬於幹練型的，她具有一種理性的美。

程靈素的出現，使紫衣暗自傷心，可是紫衣絕不是一個膚淺到只會吃醋的女人。傷心之後又覺得自慰，愛一個人不一定要佔有他，而是希望他能得到幸福。既然自己不能陪他共度生命的餘程，有人代之，不也是一樁幸事嗎？這就是紫衣的可愛與高尚之處，她絕不會存有我得不到的東西別人也休想得到這樣可怕的念頭。成人之美的事情不但君子會做，俠女也一樣能做，而且做得更好。

血緣是一種很奇怪的東西，無論相隔多遠，無論相隔多久，兩個有血緣關係的人即使在茫茫人海中相遇，也一定能有一剎那觸電的感覺。我們無法想像像紫衣這樣來到世上的人面對著既是禽獸又是父親的那個人心裡是一種怎樣複雜的感情，她是由兩個不共戴天的人共同創造出來的生命，這實在是人間的一種慘劇！除非上帝改變生命的孕育方式，否則這樣的悲劇又怎能避免？紫衣遵照師父的囑咐救了鳳天南三次，原已了了父女之情，可是當她看到鳳天南中銀針倒下時，還是忍不住搶步上前，脫口大叫「爹——爹——」。臨走之時，看到地上鳳天南的屍體，心裡還在想：你害得我可憐的媽媽好苦，可你終究是我親生的爹爹。也許在紫衣的心中，對父愛的企盼已經太久太久，只要他是父親，即便他同時也是禽獸，她還是忍不住將心中積壓多年的稱呼喚出。

這就是血緣，無論怎樣深重的罪孽都斬不斷的血緣。

馬春花

「百勝神拳」馬行空的女兒，自幼隨父親習武，所學武功屬少林派。後嫁給師兄徐錚。與福康安曾有私情，並育有一對兒子。最後被福康安的母親毒死。

馬春花

馬春花是生長在城郊的美女，身上還保留著淡淡的泥土的芳香。一張圓圓的鵝蛋臉，一雙黑得發亮的眸子，嬌媚可愛，明豔照人。雖然算不上絕代佳人，但是只要走在街上，吸引幾個人駐足欣賞還是不成問題的。

她自幼習武，跟著父親到處走鏢。雖然豐衣足食，但這種生活與她理想中的境界還是差得太遠，她的心中有一種連自己都沒有意識到的對未來生活的渴望。商寶震與徐錚肯定都是真心實意地愛她的，可是面對著這兩個人，她卻找不到一點感覺。直到遇見風度翩翩、俊雅美秀的福公子，她的心扉才得以打開，她心中的柔情也才得以釋放。細想一下似乎也可以理解，師兄徐錚蠻橫粗魯，商家堡公子商寶震狹隘自負；眼前這位福公子衣衫華麗、溫文爾雅，一支簫吹得如泣如訴，又不對她吹鬍子瞪眼睛，只是含笑點首，眉目傳情，簡直就是一個十足的紳士。別說是馬春花，就是換了王春花、李春花，也照樣會被吸引過去。更何況還有青山綠水、黃昏夕陽作伴。

福公子不費吹灰之力就俘獲了馬春花的心。而馬春花也因為一時的意亂情迷為自己種下了禍根。她被愛情沖昏了頭腦，福公子溫柔高貴的氣質使她頭暈目眩。她不想問他是什麼人，也不想知道他是幹什麼的，至於是否成家，收入情況，有無車子房子就更不重要。她只想在這個春天的黃昏中與他多親近一會兒，滿足一種少女無知的、美好的幻想。由此可知，馬春花是一個沒有心計的女孩。換了稍微有點心計的女孩，不將你祖宗十八代調查清楚，哪能這麼容易就投懷送抱了呢！

於是，馬春花稀里糊塗地跟了福公子，又稀里糊塗地懷上福公子的孩子。好在師兄愛她也是愛得一塌糊塗，所以接受了她與別的男人生下的孩子。日子本來可以這樣平靜地過下去，她與福公子的那段情緣也就成為她心中永遠懷念的畫面。偏偏福公子心血來潮，在一個偶然的瞬間又想起了她。她與孩子被接到了京城，師兄卻因她而無辜送命。稍微有些血性的人也許會因此拒絕進京，可是對福公子深切的迷戀使馬春花忘記了一切。儘管她也為師兄的死難過，但是她還是帶著孩子去北京與福公子幸福地團聚了，她以為她終於找到真正的歸宿。

到了北京馬春花才大概知道孩兒他爹顯赫的身分。可是她從來沒有想過，自己就是再經過兩輩子的洗禮，也未必能擁有一個與皇宮相配的身分。很顯然，她是皇宮裡一個不和諧的音符，她必須消失！這是她為自己的無知所付出的代價。別人一步踏錯，也錯不了這麼遠，誰知她一個踏步，從民間一腳踏進了皇宮。這一步跨得太大，以至於賠上了性命，這是當初與福公子依偎在楊樹下卿卿我我時絕沒有想到的。

說到底，是馬春花潛意識裡的虛榮心害了她。

南蘭

江南官兒南仁通的女兒，嬌弱美麗。因被苗人鳳所救，然後嫁給了他。生下女兒苗若蘭之後與田歸農私奔，病死在田家。

南蘭

南蘭是官家的千金大小姐，美麗高貴，柔弱嬌嫩。按理說苗人鳳絕不是她的理想伴侶，但是命運就這樣陰差陽錯地做了安排，讓兩個完全不是一條道上的人硬是做了夫妻。

南蘭是具有小資情調的那種女人。她的家境優越，不會為生計發愁。她適合過這樣的生活：每天在家裡看點時尚雜誌，彈彈鋼琴；約幾個朋友去逛逛街採購些時裝；和自己心儀的愛人去看看畫展，聽聽音樂；每週定期去某個高檔咖啡廳消磨幾個下午的時光，談談克萊德曼、畢卡索等。至於什麼武功、寶藏、武林間的爭鬥，甚至養育兒女，都最好是能離她遠遠的，因為她不喜歡，一點兒也不喜歡。這樣的生活是南蘭在閨房裡編織的一簾幽夢。然而，生活儘管是應由自己來創造的，但有時也逃不掉命運之神的安排。

一口「冷月寶刀」改變了南蘭的命運，父親想用這把寶刀換取自己的錦繡前程，沒想到卻因此送命，還將孤苦無助的南蘭留在了敵人的虎口之下。是苗人鳳救了南蘭，本來這也不能成為南蘭非得嫁給苗人鳳的理由，可是苗人鳳腿上的毒血總得要人來吸啊！店小二不願意做，南蘭便別無選擇了，森嚴的封建禮教決定了她在替苗人鳳吸毒血之後就只能嫁給他了。如果她知道文明發展到今天，擁抱與親吻都已變成普通的禮節，她會怎樣想呢？

婚後的生活經過短暫的甜蜜之後就立即顯現出了本質的矛盾。苗人鳳對胡一刀夫人無意中的讚美刺痛了南蘭的心，在兩人的生命遇到危急的時候，她確實未能做到「丈夫在火裡，她也一定在火裡，丈夫在水裡，她也一定在水裡」。一種求生的本能勝過了她對丈夫的愛情。她那顆纖細的心與苗人鳳的粗線條越來越顯得格格不入，她對練習武功沒有一點興趣。所以當田歸農出現時，南蘭覺得彷彿是她的春天來到了。她感覺到自己少女時的夢境已經微微地開啟了一道門縫，她的心在歡呼雀躍。於是她下定決心拋棄丈夫、女兒、家園和名聲，義無反顧地跟著這位英俊瀟灑的田公子走了。

私奔的目的原本是為了實現心中理想的愛情。可是南蘭不知道，自己這當世第一高手的妻子身分也給心愛的田公子帶來巨大的壓力。他日夜恐懼苗人鳳來尋仇，所以只得拼命地練功。南蘭渴望的那種琴棋書畫、調脂弄粉的浪漫日子才過了幾天便又消失了，每當她「欲取鳴琴彈」時，卻「恨無知音賞」。她付出那麼大的代價，只不過是從一個高手身邊換到另一個高手身邊而已。當她看到田歸農對他自己性命的珍愛遠勝於珍重她的情愛時，不知道她是否後悔當初的輕率。南蘭在愛情方面是典型的理想主義者，儘管當初她不顧苗人鳳的安危自己先逃出了火海，但那是因為她對苗人鳳的愛不夠深刻的緣故。如今她對田歸農死心塌地地癡情迷戀，她就認為自己可以與他同生共死。只要兩人真心相愛，即便是苗人鳳真的一刀將他們殺了，她覺得也沒什麼大不了的，可是她又一次選擇錯了。

當她察覺出田歸農的真實意圖時，一切都無法挽回了。原來在她心儀的田公子眼裡，自己除了美貌驚豔之外，更是一把開啟寶藏的鑰匙。臨終之前南蘭終於想通了一切，生病之後拒絕治療，要田歸農將她的骨灰灑在大路上，讓千人踏，萬人踩，將藏有寶藏秘密的珠釵還給了苗家。也許她覺得唯有這樣，自己的靈魂才能得到安息。

其實南蘭並不是罪孽深重的人，她想要的，只不過是一份美好的、浪漫的愛情，遺憾的是她選錯了方式。

雪山飛狐

雪山飛狐

雪山飛狐　這是金庸作品中引起爭議最多的一部。其一：這本書到底寫完了沒有？胡斐和苗人鳳，兩人之間的恩怨情仇，都集中在最後的絕壁之戰中。當胡斐發現苗人鳳刀法中的破綻，只要再一發招便能致敵於死地，可這一招究竟發了沒，金庸沒寫，留給讀者自己去猜。這是金庸僅有的一部留下懸念的作品。另外金庸在《雪山飛狐》中講故事的方式也相當獨特：多個人物敘述一件很多年前的事，由於各種私人原因，隨著各人的主觀意願，說出不同的事情經過，從而置自己於有利的位置。其中到底誰是誰非，很難判斷。現代稍有名氣的人動輒便寫自傳，《雪山飛狐》中這種獨特的表達方式難免使人對很多所謂的「歷史真相」產生懷疑。

胡一刀

胡一刀

號稱「遼東大俠」。李闖王手下胡姓衛士的後人。與苗人鳳比武時被誤殺。武藝精湛，光明磊落，豪氣萬丈。以「胡家刀法」著稱一世。

胡一刀

遼東大俠胡一刀，為人光明磊落、疾惡如仇，是真正的一代大俠。他與胡夫人是琴瑟相調的夫妻，兩個人相互輝映，光芒勝過夜晚繁星。以雪山為背景，胡一刀與夫人身穿貂錦長袍，在雪地裡相偎行走，不時地相對莞爾的那一幕是我見過的最動人的畫面。

胡一刀與夫人在雪山藏寶洞中相遇，也是不打不相識，這一打卻打得互相傾慕，隨即互定終身。胡夫人讓胡一刀在寶藏與她之間只能選其一，胡一刀哈哈大笑，說十個寶藏也抵不上眼前這個夫人。這話情真意切、發自肺腑，在今天看來作為愛情宣言也毫不過時。更何況此話是從一個大俠口中說出來，更顯得俠骨柔情。他那爽朗的笑聲豪情萬丈，穿過雪山傳到千里之外，胡夫人怎能不被打動呢？別人尋覓一生也可能找不到的真情，卻被她在這個山洞中無意間碰到了。在胡一刀看來，兩心相悅的真正情愛，才是世上最寶貴之物。看來胡一刀比苗人鳳更懂得風花雪月，他至少知道不失時機地表白，而且語言樸實無華，直擊人心，所以才沒有錯過這一樁好姻緣。

與苗人鳳比武並非他的心願，可是他哪能料到傳信的跌打醫生並未將信帶到呢？所以守信重義的他看到苗人鳳如期而來時，也並未多問，只道他不信自己的話，或者硬要與自己比個高低。俗話說：「人生得一知己足矣。」在胡一刀眼裡，苗人鳳雖然硬要與自己比武，但這是因為上代人的恩怨，而苗人鳳本人卻是一個一生難遇的朋友。所以當他聽苗人鳳說了與商家堡的仇怨之後，竟然連夜趕赴山東，將商家堡主人的首級提了回來，而且用的是苗家劍法。在當日比武之後，胡一刀才將此事告知苗人鳳，一點沒有居功自傲之意。這樣的事情倘若發生在平時，也還好理解，可是卻發生在兩人比武的過程中。此番壯舉，讓我們不得不從內心生出一種敬意。

胡一刀身為一代大俠，其心地卻仍像孩童一樣清澈，沒有絲毫的雜念。他與苗人鳳這段曠世友情，實在是千古奇談，讓今天的我們羨慕萬分。他是武林中的異類，不為名利，不爭門派。給人更多的感覺像一個隱士，他是一個難得的懂得欣賞春花秋月的武林隱士。當然路見不平，拔刀相助是少不了的，否則這胡家刀學了卻沒地方施展了。

胡一刀是金庸先生筆下眾英雄中比較特別的一個：「他性情淡泊，重情重義，既有俠骨，又有柔情，對平阿四這樣的小廝也能平和相待。他的生命雖然短暫，但他這一生確實比苗人鳳幸福。因為他不但擁有一個舉案齊眉、善解人意的夫人，還有一個肝膽相照、意氣相投的知心朋友。在愛情與友情方面，他都是大贏家。他就像一隻閒雲野鶴，與夫人相伴，在青山綠水中過著神仙也羨慕的生活。若不是死於誤殺，他一定是武林中過得最幸福、最瀟灑、最悠閒的人。

苗人鳳

號稱「打遍天下無敵手金面佛」，李闖王手下苗姓衛士的後人。武功高強，行俠仗義。與遼東大俠胡一刀惺惺相惜，兩人在切磋武藝時誤殺胡一刀，成為終身的悔恨。

苗人鳳

苗人鳳是個深沉穩重的男人。他沉默寡言，但是對妻子女兒有著深沉的愛，絕對是個有責任心的男人，給人極度的安全感，可惜南蘭看不到他身上這些特質。

他與胡一刀因為祖上的恩怨相約比武，誰知不打不相識，打得越久，兩人相知越深，成了肝膽相照的好朋友。苗人鳳曾說過：「除了胡一刀，苗人鳳再無可交之人。」可見兩人惺惺相惜的程度。兩人切磋武藝、推心置腹、秉燭夜談，大有相見恨晚之意。比武之前，胡一刀對他說：「你若殺了我，這孩子日後定要找你報仇，你好好照顧他吧。」這在旁人看來簡直是不可思議的囑託，要自己的對手撫養自己的兒子，只為了他長大報仇。但是苗人鳳卻一諾千金：「你放心，你若不幸失手，這孩兒我當自己兒子一般看待。」若不是胸襟坦蕩的俠士，又怎麼可能給對手這樣的承諾。誤殺了胡一刀，造成他終身的悔恨，使本來就沉默寡言的他變得幾乎不再說話。

江湖人士素以俠義著稱，因而他們心中的愛情也必定與常人不同。胡一刀的夫人應該是很多江湖豪傑心中理想的妻子，苗人鳳也不例外。在苗人鳳心中，南蘭與胡一刀的夫人形成了鮮明的對比。胡夫人自殺殉夫的場面與客店中遭遇火攻時南蘭先逃出去的場面深刻地印在他心中，儘管他也同樣深刻地愛著南蘭，可是他卻犯了一個大忌：「不應該在一個女人面前誇獎另一個女人。」更何況，這個女人還是自己的妻子，是一個美麗高貴、柔弱嬌嫩且從未受過任何委屈的千金小姐。等他發現自己的失誤時為時已晚，若要解釋，只會愈描愈黑。不善言辭的他寧可冒著大雨苦苦相追，那張像上了鎖的嘴也說不出一句動聽的話來。其實女人有時候只需要幾句甜言蜜語就可回心轉意，苗人鳳練得一身好武功，就是沒有學會怎樣哄自己的妻子開心。眼看著妻子與第三者一路私奔，胸中的怒火在熊熊燃燒，可是他卻用驚人的毅力控制住了自己幾欲出手的念頭，這是源於內心對南蘭的愛。苗人鳳，並非是一個不懂得愛的男人，他對南蘭的愛，遠比田歸農深沉、真摯！

不過沉默寡言也委實不是一件好事，對待敵人可以像秋風掃落葉，毋須多言，對待朋友還是應多一些太陽般的熱情。苗大俠最大的弱點就是不善交際，他不會也不願與人交流。這也難怪，那時候行走江湖靠的是手中的劍，又不是長在臉上的這張嘴，遇到什麼事情嘮嘮叨叨的太費時間，倒不如手中這把劍來得俐落。可是倘若他願意多說兩句話，那麼與胡一刀的誤會也許就可避免。後來與胡斐相遇數次，屢次對胡斐的身世產生懷疑，就是不肯多說幾句，刨根究底地追問下去。以至於最後與胡斐兩人命繫懸崖時，他還不知道眼前這位少俠就是自己苦尋多年的故人之子。若是知道，又哪裡需要來冒這個險?看來苗大俠還是缺乏一些探索精神。

不過，假如苗人鳳開口滔滔不絕，引經據典，又似乎與他「金面佛」的大名不太相稱，所以還是少開口的好。

苗若蘭

苗人鳳與南蘭的女兒，清雅高華、容貌秀麗。自幼隨父親長大，不會武功。後來在玉筆峰杜家山莊與胡斐一見傾心。

苗若蘭

苗若蘭繼承了父親與母親的優點。她美麗纖弱，膚光勝雪，眉目間隱含著一股書卷氣，像極了她的母親。但她又不完全是柔弱的，她的沉著冷靜，從容大方，遇事毫不慌張，也是得自父親的真傳。

雖然是自小跟著身為一代大俠的父親長大，但是苗若蘭確實不像一個江湖大俠之女。她的嬌柔靦腆、吐氣如蘭、彬彬有禮，都像是出身世代書香、受過高等教育的家庭。再加上她的排場，到玉筆峰杜家山莊來一趟所攜帶的書、畫、鳥、琴及眾僕人等等，其身分、品味、修養、氣質都可窺見一斑了。所以說血統論還是有一定的道理，她的父親雖然只是浪跡江湖的武士，母親卻出身官宦之家，也許祖上還中過狀元、進士也說不準呢！否則怎能生出這樣一個冰清玉潔的女孩。

母親留給若蘭的清秀典雅的氣質在她第一次遇見胡斐時就發揮了良好的作用。

眾人聽說雪山飛狐來了都嚇得逃之夭夭，唯有苗若蘭，從容不驚，緩緩施禮，以酒相待，以琴相奏。初次見面，兩人竟饒有興致地吟起了《善哉行》的歌詞，胡斐與苗若蘭好似來赴今生之約一般，一對一答，美妙和諧。苗若蘭從小便對胡斐有一種憐惜悲憫之情，此日相見，他的身影由夢幻轉為現實，豈有不浮想聯翩之理？她與胡斐的緣分始於父輩，她對胡斐的思念與牽掛也早在十幾年前發生，所以說這份姻緣是注定的，她只是在安安靜靜地等著和他相見的那一天而已。

在玉筆山莊的廂房裡，苗若蘭與胡斐竟在床上不期而遇了。苗若蘭對胡斐的感情雖然已經在心底蘊藏了十幾年，可是她絕不是屬於熱情奔放型的女子，會將自己的情感主動地、熱烈地及時傾吐。她是一朵空谷幽蘭，要慢慢地散發自己的芳香，她要讓愛情的香味瀰漫在胡斐的四周，讓他漸漸地過渡到昏眩的狀態。這一招果然是實用的，她又正好被人點了穴道，動彈不得，那半含羞半斂眉的微微麼態確實讓人心猿意馬，難以把持。在這樣的環境中，能夠保持自己的莊重，又傳遞出心中的情意，實屬不易。然而苗若蘭卻做到了，而且做得很好。她的每一個眼神、每一寸呼吸、每一口氣息、每一絲笑容，都是那麼恰到好處，讓眼前的男人愛憐無比卻又不敢冒犯。

被胡斐解開穴道之後，若蘭恢復了少女的本性。此時環境已變，又見眼前這個男人光明磊落，她對自己的處境大為放心。面對著這個自己牽掛了十幾年的心中的「孩子」，她敞開心扉，幽幽地述說著往事。從小聽父親講胡家的事情，胡斐一直就存在她的心中，此次相見，倒像是久別重逢一般。所以她沒有一絲一毫的顧忌，所有不能說的秘密都一股腦兒倒給了胡斐。之所以這樣，除了對胡斐與生俱來的信任之外，恐怕就是因為愛情的力量了。女孩子在自己傾心的愛人面前，總是有說不完的話兒，似乎唯有這樣，才能將自己內心的情感表達到極致。更何況，她的溫言軟語像蘭花般香氣襲人。

苗若蘭對於胡斐的意義，顯然與袁紫衣和程靈素大不一樣，她的清新淡雅與胡斐的豪情萬丈正好形成互補，是繼胡一刀夫婦之後武林中的又一段美好姻緣。

平阿四

原是滄州一客店中燒火的小廝，家中因欠下財主銀子而遭大禍，幸得胡一刀相助。胡一刀夫婦死後，平阿四將出生僅幾天的胡斐救出，含辛茹苦地養大，以報胡一刀大恩。

平阿四

平阿四是生活在社會最底層的人物，從小就過著沒有尊嚴的日子。用他的話來說，他這一生當中只有稱別人爺的份，可沒有福氣受別人這樣稱呼。他已經習慣了別人叫他癩痢頭阿四，這是一種讓人多麼心酸的自知之明。

平阿四是中國鄉村農民的典型代表，淳樸善良，憨厚老實，卻知道點滴之恩當湧泉相報的道理。他從出生那天開始就明白自己卑賤的地位，被別人呼來喚去也是再自然不過的事情。然而認識才一天的胡一刀卻叫他「小兄弟」，聽了這樣的稱呼，平阿四就像見了親人一樣充滿了幸福的感覺，此時他才知道原來自己與別人也是可以平等的。他感受到一種「一個盲了十幾年的瞎子忽然間見了光明」的喜悅，這是多麼淳樸厚道的一種感情。可以想像他以前的精神生活是處於一種怎樣的卑微之中。

本來以平阿四那樣的身分、地位及現實狀況，他就是接受別人極小的恩惠也是無法回報的。可是老天偏偏給了他這樣一個機會，讓他能在有生之年為他的恩人做一點事情。他永遠都記得，活了十幾年，是胡一刀第一次讓他感受到了做人的尊嚴。可見人對精神的需要是不分貴賤的，達官顯貴需要別人的尊敬，癩痢頭阿四也一樣需要別人的尊敬。從來沒有見過大元寶的平阿四看到胡一刀真的給了他五個大元寶後，嚇得心裡撲通撲通直跳，可憐的孩子，這可是他一生也掙不回來的數目呢！忍受貧窮凌辱已如家常便飯一樣的平阿四哪裡敢相信這是真的，幸福來得這樣突然，讓他簡直沒有一點心理準備。他受寵若驚，不知道該怎樣回報眼前這位大爺，最後只有充滿感激地想到：只要胡大爺用得著我，水裡就水裡去，火裡就火裡去。這樣的念頭可比千萬句感激的語言都實在。胡一刀也不會想到，五隻大元寶，一聲「小兄弟」，就換取了他兒子一生的平安。這是貧苦忠厚的農民平阿四給胡一刀最大、最珍貴的回報。

砍掉了一條手臂之後懷抱一個嬰兒倉皇逃命的場景在我眼前揮之不去，可以想像他心中將胡一刀給他的這份恩情看得有多麼的重。儘管是他含辛茹苦將胡斐養大，但是平阿四對自己的位置卻仍然擺得很正。他對恩人留下的兒子仍像主人一般伺候，一口一個「少爺」。時光荏苒，當年那個小孩在他的養育下已長大成人，但是他自己那顆謙卑的心卻從來沒有任何改變。多少年來，憨厚老實的平阿四一直以撫養胡斐為己任，以替胡一刀報仇為自己一生的追求，這個堅定的、從不曾動搖的信念只是因為當年一個人曾讓他獲得一瞬間做人的尊嚴。

平阿四絕對是一個小人物，是生活中最容易被忽略的個體，但是這個群體的人身上一些美好的品質卻被他們代代相傳。一些人性中最閃耀的品質，往往也是在這些小人物身上才能看到，他們讓我們了解了一個道理：道德像河流，越深越無聲。

田歸農

天龍門北宗掌門人，李闖王手下田姓衛士的後人，擅長天門劍法。為人陰險狡詐，心術不正，後來帶著苗人鳳的妻子南蘭私奔。最後，自盡而死。

田歸農

田歸農這個形象身邊隨處可見，其本質是貪婪、陰險、虛偽，但是善於偽裝自己，所以表現形式為英俊瀟灑，風度翩翩，博學多才，談吐自如，故很容易吸引像南蘭那樣對愛情懷有美好憧憬的女子。

田歸農與苗人鳳、胡一刀雖然都是闖王手下衛士的後人，但是他的性情與苗、胡二人卻不大一樣。他行事雖然也算瀟灑，不過他這種瀟灑是為了樹立某種形象，沒有內心的底蘊作支撐，不算真正的瀟灑。他的瀟灑是用來吸引南蘭的，不是用來行走江湖的，也許他覺得行走江湖只要有陰謀詭計就夠了，哪裡用得上瀟灑。

當然，田歸農自然也有他的長處，他為人精明，做事幹練，就形象而言，確實屬於上乘人選。一手天門劍練了四十幾年，已經日臻嫻熟。因為對闖王留下的財寶實在放心不下，故想盡辦法接近苗人鳳。也許他最初去苗家時也並未想到要拐跑別人的妻子，「朋友妻不可欺」，這個起碼的做人原則他還是懂得的。可是後來他發現南蘭是個可以利用的工具，再加上南蘭充滿誘惑的話語：「你跟我丈夫的名字該調一下才配，他最好是歸農種田，你才是人中鳳凰。」他便自以為是地蠢蠢欲動了。都說女人在別人的讚美之下容易失去理性，男人要真的洋洋自得起來，那一定是有過之而無不及。尤其是當他看到南蘭嬌媚無比的神情時，他便想：那個起碼的做人原則暫時拋開又有何妨？堂堂一個天龍門北宗掌門人，還真的下了決心，將朋友妻給欺了。

在商家堡遇見苗人鳳時，他那膽怯畏縮的樣子使他的形象大打折扣，田歸農嚇得連看都不敢多看苗人鳳一眼。想來也真是不可思議，田歸農明知自己練一輩子都打不過苗人鳳，竟還是敢拐走他的妻子，換了另一個人，即便是南蘭願意，我想那人也不敢。拐走也就是了，更無一點英雄氣概。南蘭倒還鎮定，他卻嚇得失魂落魄、目光呆滯，哪裡還有半點英俊瀟灑的田相公的樣子。也許是因為南蘭那時還沉浸在剛剛私奔的喜悅之中，竟對他這一連串畏縮的樣子視而不見，還脈脈相對，深情相視。說實話，苗人鳳在商家堡的整個過程中一言未發，可其形象卻比田歸農要高大威猛得多。

將別人的美貌妻子帶回家之後，他才嘗到提心吊膽的滋味，好比現在的貪官拿了不該拿的東西，日夜擔心著法院的傳票一樣。他擔心苗人鳳上門報仇，只好拼命練武，結果還是寢食難安。不過，田歸農終歸是田歸農，天下最可恥的事情到了他那裡也可以做得心安理得。他用計將苗人鳳的眼睛弄瞎，又帶著高手圍攻，但到底是技不如人，又加上理虧心虛，結果被苗人鳳打得落花流水。天龍門掌門人在卑鄙的名聲上又加了一個戰敗的恥辱。

不過這一切挫折都不能減弱他對寶藏的渴望。田歸農這人心機甚重，他費盡心思要得到寶藏，只道是他自己貪財，誰知他卻把它獻給皇上。此番舉動並非他大公無私，也許是覺得自己力量弱小，無力取得這一寶藏，倒不如借助皇上的力量，總還能分得一杯羹；也許是他腦袋突然開了竅，認識到了有權才有錢的深刻道理，想借此機會平步青雲。總之，無論怎樣，他的算盤都是打得精而又精的。

可惜他精心繪製的藍圖還未實現，就因心力交瘁而自殺。一個人心機太重，死也不可能死得輕鬆。

連城訣

連城訣

為了一己私欲，師父可以害徒弟，父親可以折磨女兒，同門師兄弟可以相殘，無辜的人被處心積慮地陷害。《連城訣》是一本恐怖的書，裡面寫了太多的陰謀，一連串變故，把一個老實巴交的鄉下孩子折磨得淒慘無比。狄雲的遭遇，就像一面鏡子，折射出社會醜陋的一面，人性中的「惡」被展現得淋漓盡致。此書是金庸為紀念小時候家裡一個被人冤枉、終身不幸的老長工寫的，雖然在文化底蘊方面，遠不能和作者的其他作品相比，但全書充滿著一股悲憤之氣，讓人讀起來如鯁在喉，也自有其獨特之處。

狄雲

狄雲

「鐵索橫江」戚長發的徒弟，因被師伯的兒子陷害而入獄。後來在獄中得到丁典的幫助，練成「神照經」——一種打遍天下無敵手的武功。頭腦簡單，忠厚老實。經歷很多風雨之後終於遠離江湖，隱居雪山。

狄雲

狄雲是個不折不扣的冤大頭，普天之下似乎沒有比他更冤的人了。稀里糊塗地被萬圭設計送進了監獄；然後又被丁典誤認為是凌知府派來的奸細，每天對他拳腳相加，長達三年；最後因為穿了惡僧寶象的衣服被眾人誤會，又惹來許多的麻煩，使得「江南四老」、「鈴劍雙俠」也與他為敵。而且，這所有的冤屈最後都找不到任何機會上訴，更別提申請賠償的事了。

狄雲是典型的弱智。一個已經被用濫了的、並不高明的計謀讓他在監獄裡關了多年。他什麼事都不做，每天二十四小時苦思冥想，都還是沒有想明白是怎麼一回事，而丁典一聽就幫他分析出來了。也難怪他，從小在鄉間長大，可惡的師父從來沒有帶他進城去見見世面，第一次進城，就糊里糊塗地鑽進了一個大籠子。明槍易躲，暗箭難防，何況狄雲的人生閱歷幾乎還是一張白紙，連算計這兩個字都還不知道怎樣寫，自然是被暗害的對象了。試想，誰會去暗算一個機靈鬼呢？不過，這個十足的鄉下傻小子，確實傻得徹底，也傻得可愛。

待狄雲明白了一切之後，才猛然驚覺，世上竟然有這樣蛇毒心腸的人。轉念一想，只覺得世上最平安的，倒是這牢獄之中。在外面自己武功不好，智商也不高，要想混出個名堂也不是那麼容易，此外還要提防別人的算計。在監獄裡雖然吃了丁典許多拳腳，可是不用使什麼心機去防備人，暗算人，對於狄雲這樣的傻小子來說，就已經很不錯了。也許對於他來說，要能在裡面待一輩子，也未嘗就不比外面強，尤其是，還交了一個摯友，學會了打遍天下無敵手的「神照經」武功。

狄雲對師妹的感情一如所有師兄對師妹的感情，執著專一、真誠熱烈。師妹對他的誤會在他心中留下的傷痛遠遠勝於丁典對他的毆打。可是他沒有辦法，只有眼睜睜地看著，不，是想像著師妹嫁給萬圭的情景。儘管狄雲是一個沒有見過世面的鄉下人，但是作為一個男人，看到自己心愛的姑娘嫁給了別人，這種常人都有的痛苦與恥辱，狄雲還是有的，而且很深！原來不想跟著丁典學「神照經」的他一想到可以用這功夫奪回師妹，為師父報仇，立刻就有了動力和激情。他終於練成了「神照經」，卻沒能親手殺死搶奪師妹的萬圭。因為他是忠厚老實的狄雲，無論經歷怎樣

多的江湖險惡，他始終不能將自己變成一個心狠手辣的人。

一個老實巴交的鄉下小夥子，原本在鄉間過著平淡快樂的生活，練武只為強身。一場變故卻讓他捲入這巨大的是非之中，無情的事實讓身邊的親人都改變了模樣。自己最心愛的師妹將溫柔的眼光投向了另一個男人，一直以為是忠厚老實的師父卻是不擇手段、奸詐陰險的歹人，縱然這一切都是不爭的事實，可叫狄雲這顆脆弱的心如何承受？他終於下了決心，遠離這紛擾之地。是怎樣的人，就去過怎樣的生活。他來到藏邊的雪谷，他知道，唯有這兒，才是屬於他的世界。他要待在這兒，讓疲憊的心好好歇息，永遠也不再離開。

戚芳

戚芳

「鐵索橫江」戚長發的女兒，與師兄狄雲相愛。後被萬圭矇騙，嫁與萬圭，育有一女叫「空心菜」。最後為救萬圭反被萬圭殺死。

戚芳

戚芳是一個逆來順受的人，被命運牽著鼻子走，卻毫無反抗意識。她與狄雲一樣沒有見過大世面，是個模樣俊俏、頭腦簡單的鄉下姑娘。

戚芳和師兄從小在爹的教導下習武，與師兄感情很深，早就在心裡認為自己將來的老公非師兄莫屬，誰知道一場變故卻將她精心構織的人生撕裂成碎片。爹爹與師伯發生爭執後下落不明，師兄又偷師伯家的珠寶，還想與小師娘私奔，戚芳簡直被眼前接二連三的突發事件搞得暈頭轉向、不知所措。面對劇變，戚芳缺少起碼的應變與分析能力。她連想也沒想，就相信狄雲真的欲與小師娘私奔，即便不是他的本性，至少也是他一念之差犯下的錯誤。雖然俗話說眼見為實，但是她哪裡知道，這個世界早就不真實不純潔，有些事實就像霧裡看花一樣讓人目眩神迷。就像此時此地的她，明明知道十幾年一起長大的師兄不是這樣的人，可眼前的事實又如何解釋？其實她只需要稍微動一下腦筋，問題就會迎刃而解，可是她與他的師兄一樣，都是弱智型。兩個人被萬圭蹩腳的計謀弄得團團轉，好好的一對鴛鴦就這樣被活生生地拆散了。

戚芳的糊塗還不在於她相信師兄的行為，可氣的是經歷了這一場變故後，萬圭還成了她眼裡的大恩人。在糊塗著的感激中，最後竟以身相許了。嚴格地說，這個十八九歲的姑娘的確缺乏分辨是非的能力，獨走江湖是不切實際的，所以乾脆嫁給萬圭，過平平穩穩的少奶奶日子。此外她也沒有別的想頭，父親失蹤，師兄入獄，孑然一身的她除了接受命運的安排，似乎也沒有更好的選擇。更何況，萬圭並沒有強迫她，只是湊巧讓她看到一個她不願看到的事實而已。這一仗，她可以說是不戰而敗。

嫁給萬圭之後，戚芳竟然也就安安心心地做起了萬家少奶奶，在心中牽掛著狄雲的同時生下了女兒空心菜。這個名字是為了紀念狄雲，為了紀念她逝去的那段愛情。她一邊紀念自己的愛情一邊與萬圭恩愛相處，她掩飾得極好，萬圭從來沒有發現；她痛苦得真切，萬圭也從來沒有發現。在戚芳的心裡，也許丈夫與師兄的砝碼是一樣重的，或者丈夫還要重一些，否則在她見了日夜牽掛的師兄之後為什麼不與他逃走呢？她縱然有一千個理由也抵不上師兄在獄中所受的苦楚。可是，她還是選擇了留下，留在破壞了她一生幸福的丈夫身邊。

像戚芳這種性格即便是知道了事情的真相也做不出什麼驚天動地、毅然決然的舉動。她憤怒、傷心，甚至瘋狂，什麼樣的情緒都可能有。但是要她將丈夫置於死地，她是怎麼也做不出來的。她會固執地認為，再十惡不赦也是丈夫啊！再毒蛇心腸也是孩子他爹啊！於是，農夫和蛇的故事再次上演。她冒著危險回頭去救丈夫，卻反被丈夫深深地刺了一刀。而戚芳臨終前的這個行為，又將師兄深深地刺了一刀。在臨死前，她終於讓師兄知道，在她心中的天平上，誰的砝碼更重。不但如此，還將女兒空心菜託付給師兄，讓他撫養自己仇人的女兒。

生命就像一個連環套，不斷地上演著一幕幕悲喜劇。

凌霜華

荊州知府凌退思的女兒，嬌弱美麗，酷愛菊花。與丁典相戀，後被父親逼死。

凌霜華

凌霜華是典雅高貴的官家大小姐，卻愛上了草莽布衣丁典。這場相戀，注定是一個悲劇，是上帝偷偷地跟他們開的一個玩笑，只是這個玩笑的結局太殘忍了些。

凌霜華原本是養在深閨人未識的天仙，可惜她有一個貪財如命的父親，從不會將她的幸福放在心上。母親去世後，她便深居簡出，身邊只有一個丫頭菊友陪伴。她酷愛菊花，也因為菊花才與丁典結下一段情緣。菊花第一次成為江湖俠士與官家小姐情感的載體，應該是從凌霜華這兒開始的。

她與丁典的愛情最初完全是柏拉圖式的戀愛，每天對望，沒有言語，僅靠著一盆菊花傳遞心中深情。不過，這種傳遞感情的方式，非得要兩個性情高潔、淡泊，對菊花還要有著極高鑒賞能力的人才能使用。倘若沒有達到這個境界，是不可隨便效仿的，否則就破壞了那份雅致。凌小姐每天在窗臺上放一盆菊花，然後看丁典一眼，只一眼，絕不多看，就算將心中的情感表達到極致了。然而只這一眼，丁典也已經幸福得不知所措了。

當他們再次相見時，兩人的感情由量變產生了質變，由完全精神上的交流過渡到言語的交流。矜持了一年之久的凌霜華終於開了金口。也許真是應了「距離才能產生美」這句話。如果沒有一年的分別，沒有內心對丁典的牽掛與思念，他們可能還停留在精神交流的層面上。不過，凌霜華越是這樣，就越具有超人的魅力和吸引力。她的美，隱藏在一層薄紗之後，隱隱綽綽，可望而不可即。終於，她給了丁典一個牽手的機會，二人開始約會。約會時間是在半夜，兩個超凡脫俗之人一旦相愛起來通常是不顧常理的。愛情真是妙不可言的東西，一個千金小姐與一個布衣草莽在一起竟然也有著說不完的話。也許霜華從前的世界太小，而丁典卻為她打開了一扇窗，讓她知道了世界是如此的豐富多彩。霜華是高貴典雅的菊花，她美得讓人敬畏，讓人不忍褻瀆，不忍冒犯。而丁典對她的這種發乎情、止乎禮的愛更加深了她對丁典的愛戀。

凌霜華在丁典眼裡近乎女神，可在父親眼裡她哪裡是個女兒，分明就是一個可以利用的工具。丁典身上的秘密被凌知府發現後，凌霜華就成了父親威脅丁典的砝碼。在關鍵時刻女人充當犧牲品，是歷史不斷重演的悲劇。無論是作為母親、女兒、妻子還是媳婦，任何一個角色，似乎都逃不掉這個厄運，霜華也一樣。厄運中的霜華表現出了她所喜愛的菊花的性格——堅貞不屈。為了維護自己心中專一的愛情，她不惜刺傷了自己美麗的面孔，這一舉動讓我想起了電影《夜半歌聲》中，男主角被毀了容，女主角便刺瞎了自己的雙眼來陪伴他的情景。二者都同樣的悲壯，凌霜華一個弱女子，為了愛人，已經盡到了她最大的努力，最後只得犧牲了自己的生命。每一個悲劇在震撼人心的同時也總是讓人歎息不已，凌霜華與丁典的愛情就是這樣。

丁典

出身於荊門武林世家，自幼習武。一個偶然的機會得到兩湖大俠「鐵骨墨萼」梅念笙遺留下的「神照經」和「連城訣」，從而引來許多武林中人的追殺。雖然練成了「神照經」的功夫，最後還是被窺視寶物已久的凌知府用計毒死。

丁典

丁典是一個苦大仇深的人，只因為一部《連城訣》，便被凌退思關在監獄整整七年，受盡折磨與凌辱。而他之所以甘願承受，卻是為了愛情，為了他心愛的姑娘。與其說他的武功讓人佩服，還不如說他對愛情的這種態度更讓人震撼。

丁典和凌霜華因為菊花而結下一段情緣，可以說他對凌霜華是一見鍾情。他為這段情緣忍受了七年的牢獄之苦，最後還賠上了性命，但是死的時候卻十分安詳與幸福。丁典雖是一介草莽，但是內心卻有著高雅的情操，是個真正的君子。他對凌霜華那種敬畏的、自卑的愛足以說明這一點。同時，丁典還是個對愛情極為執著的人，很難想像一個行走江湖的俠士有著這樣細膩的心思。就那麼不經意的一回頭，他便像著了魔，這一生都掉進去了。霜華對於丁典來說就像女神一樣，神聖不可侵犯。丁典對霜華比柳下惠還柳下惠，以他的功夫，別說躍身上樓與小姐相會，就是將她帶走，也是輕而易舉的事情。可是他決然做不出這樣的舉動來，在他看來，以書信傳情都是輕慢了他的女神。他們莊重矜持地愛戀著，彼此都用一種淡淡的芳香吸引著對方。但是，這份感情卻歷久彌香，比任何一種熱烈火辣的愛情都更顯得情濃意蜜。丁典這樣一個五大三粗，長相也不是很對得起觀眾的莽夫竟然也能這樣精緻、淡雅地談戀愛，實在讓人羨慕不已。

因為生命中有了凌霜華，丁典覺得自己這一生都改變了，但是總而言之，他還是不幸的。牢獄裡非人的折磨讓他變得不相信任何人。在這個世界上，他所能感受到的美好的事物只有凌霜華和窗臺上的那盆菊花，其他的一切事物都是邪惡的。所以面對著突然闖入的狄雲，他充滿了敵視，繼而發揮自己的優勢，對他拳打腳踢，甚至不給他任何機會辯白。這是一個心靈身體都遭受重創的人對外界無可奈何、筋疲力盡的本能的報復。對凌退思的仇恨使他無法控制自己的行為，對凌霜華的愛又使他甘願忍受一切屈辱。為了愛，他願意每月十五去領那頓拷打；為了愛，他願意在別人行刺凌退思時出手相救，因為他不願意讓他的霜華孤零零地生活在世上。如果說霜華為了這份愛情忍受了很多折磨，丁典也許比她付出得更多，因為他要忍受身心兩方面的摧殘。

丁典其實是一個內心非常善良的人，生性淡泊，儘管身懷絕技，擁有《連城訣》，但這並不是他刻意求來的。在他眼裡，這些東西都不能和凌霜華的一根頭髮相比，所以說起來丁典也算是一個愛情至上的人。只可惜霜華的父親始終不明白這一點，所以才採用這樣狠毒的手段來對付他。雖然丁典死得很悲慘，但是他用對七年牢獄生活的忍受保護著自己的愛情，用對霜華的愛情、對菊花與狄雲的友情為我們塑造了一個錚錚男兒的形象。他用忍受苦難的能力去對抗敵人製造苦難的能力，這絕不是輕易說說就能做到的事情。

戚長發

兩湖大俠「鐵骨墨萼」梅念笙的三徒弟，號稱「鐵索橫江」。為人聰明機變，也最狠毒，城府極深。與兩位師兄為爭奪「連城訣」不惜自相殘殺，最後終於尋得寶藏，卻被抹在珠寶上的毒藥毒死。

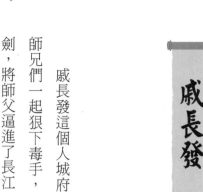

戚長發

戚長發這個人城府很深，精明過人。為了奪得師父的《連城訣》和劍譜，他與師兄們一起狠下毒手，圍攻師父。最後還是他狠下心來，冷不防在師父背後插了一劍，將師父逼進了長江。在為非作歹的時候，戚長發顯示出了過人的膽識。

劍譜最後終於被聰明機變的戚長發奪得，之後戚長發隱居湘西沅陵郊外，過上了看似平淡的鄉村野老生活。平日裡帶著女兒戚芳和徒弟狄雲練武、種地，好像什麼事也沒有，其實他一天也沒有減弱過對寶藏的思念。戚長發這樣的人比他的兩個師兄都更兇險，他善於偽裝，做事機警，表面上看來忠厚老實，其實他真實的、陰險的那一面卻隱藏得很深很深。就連最親近的、長時間與他相處的女兒與徒弟也看不到他的本質。他在徒弟眼裡是個忠厚的長者，在女兒眼裡是個慈祥的父親，他養育他們，教他們練劍，像所有普通的長輩對晚輩一樣對待他們，可誰又知道，他對他們的行為裡蘊涵著多少殺機。

一個人一旦財迷心竅，走火入魔，就會做出許多讓人匪夷所思的事情來。戚長發教女兒徒弟練劍，將劍法的名字由一句句唐詩改成烏七八糟的句子，就是不想讓徒弟了解其中的真諦。他教女兒徒弟練劍，看似變化莫測，其實大部分都是些花招而已，這些花招在大敵當前時稍有不慎就會斷送了性命。他讓女兒徒弟在練劍的歪路上越走越遠，他以為這樣就可以讓他們離尋找寶藏的道路越來越遠，或者永遠都不會靠近，這樣他就可以獨吞所有的財寶了。可以想像，戚長發如果真的得到了那些財寶，他一定比葛朗台還要可怕。葛朗台偶爾還會與妻子女兒玩兩個銅子的摸彩，而戚長發對財富的佔有欲望恐怕會強烈到將周圍的親人朋友趕盡殺絕的地步。他永遠不會明白與人分享快樂便會得到雙倍的快樂這個道理。他活在世上只有一個理由，就是為了那批寶藏，而且必須要吃獨食才行。

為了得到財寶，女兒在他眼裡不是女兒，徒弟也不是徒弟，師兄就更不是師兄。戚長發師兄三人，一個比一個狠，最狠的還得算戚長發。大師兄為了兒子的生命還會暫時向二師兄妥協，二師兄無兒無女，談不上什麼親情。只有戚長發，為了奪得財寶，便什麼都可以放下。徒弟受冤入獄，女兒嫁給仇人的兒子，這些他都當沒有聽見、沒有看到。因為在他眼裡，女兒無意中將書帶走的行為已是對他大大的不忠不孝，所以女兒也不是什麼好東西。除了那堆金燦燦的財寶，這個世上什麼東西都不入他的法眼。他沒有感情，也不需要親情，內心的貪婪已經戰勝了一切，甚至自己也無法控制。

不知道戚長發有沒有想過，如果他真的得到了這批寶藏，是不是真正就快樂了。我們在憧憬中大獎的時候還會想像中了之後要怎樣怎樣，可戚長發一生為這寶藏忙碌，好像從來就沒有時間靜下心來考慮一下寶藏到手了要怎樣支配。擁有財富並不等於就擁有了快樂，懂得合理支配財富的人才會從中得到快樂，他們是真正的智者。而戚長發，讓我們假想一下他得到寶藏後的情形吧，那時候身邊的親人朋友都已死光，只有他每天守在這批財寶跟前，不停地數，不停地數，一直數到死。

天龍八部

天龍八部

《天龍八部》是一部武俠世界裡最跌宕人心的悲喜劇——一個有能力、可以做一切事情的大英雄、大豪傑，但卻無法改變他自己的悲慘命運。他所遭遇的，不是意外，而是上天注定的：明知朝這條路走，結果是悲劇，但仍然非朝這條路去走不可——喬峰的故事，是典型的悲劇，讓人痛惜；而段譽之於王語嫣、虛竹之於夢姑，則都以皆大歡喜收場，是典型的人間喜劇。據說金庸創作此文之初是想以佛教中的「大悲大憫」來破孽化癡，用佛教的思想來開導讀者，增加武俠小說的思想深度與哲學內涵，但卻在小說中以無可爭辯的事實說明，人性一定是戰勝神性的——難怪一心向佛的虛竹在冰窖中也抵擋不住「天地間第一大誘惑」！

段譽

段譽

名為大理國鎮南王之子，實則是刀白鳳與段延慶的私生子。生性溫文儒雅，不好武藝，喜琴、棋、書、畫等雅事。機緣巧合習得「凌波微步」，行走江湖時，與鍾靈、木婉清、王語嫣等紅粉佳人結識，並與喬峰、虛竹三人義結金蘭。後學會段家絕學「六脈神劍」，終與王語嫣喜結良緣。

段譽

秋香三笑，笑出個唐伯虎，笑出了一段好姻緣。

段譽開場三笑，笑出了一個紛亂的江湖。因笑得禍也因笑得福了。一笑跌落深谷，與「神仙姐姐」神交。當見著與神仙姐姐一般無二的王語嫣時，段譽完全陷入了波濤洶湧的愛情大海中。江湖人說段譽的情愛史緣於笑，歸於癡。癡癡地戀，癡癡地等，癡癡地忘記了世界的存在，眼中心中夢中醒中都只一個「王姑娘」，連愛情所固有的嫉妒都不見了。

有人說愛情需要薄薄的一層憂傷，需要一點點嫉妒、疑慮和戲劇性的遊戲。段譽的愛情是什麼都不缺了，只是愛屋及烏，一切都那麼美好、那麼無可挑剔的王姑娘愛慕容復，那慕容復一定是天下最優秀的男子，對情敵的嫉妒之心已經化為了可能失掉愛人的深深憂慮。因愛而生的隱痛，因愛而生的憂傷、哀愁，經常性地讓段公子「才道莫傷神，青衫濕一痕」。段譽知道自己是迷路了，但卻為此開懷，因為愛，才會有傷心，愛一個人到極致，方向才會迷失。所以面對王語嫣，段譽只一句話：恨不能把心掏出來給你。從此以後，天涯海角，海角天涯。王語嫣在江湖上的每一個足跡都留下了段譽最癡情的問候，一如蘇芮所唱：「因為愛著你的愛，因為夢著你的夢，所以悲傷著你的悲傷，快樂著你的快樂。」王語嫣的一顰一笑一怒一喜牽動著段譽的每一根神經，在絕望的單相思中，段譽深切地體會了失魂落魄的全部含義。與王語嫣相處的那一刻，世界因她而精采；王語嫣有難的那一瞬，「凌波微步」、「六脈神劍」出神入化；王語嫣稍加責怪時，天塌地陷。有了癡段譽，只怕是以「癡」聞名中外的寶二爺也要俯首稱臣了。

江湖人已經風聞段譽的癡了，哂笑者眾。我卻以為那是江湖人嫉妒他的那份癡。愛情這道菜，酸甜苦辣，萬般人萬般味，只要用了「心」去調製，就誰也沒有權力去嘲笑味道的好與壞。然而對於不用心者，你即便告訴了他酸是什麼味甜是什麼，但所有味道一入他口皆味同嚼蠟。笑段譽者是因為自己沒能品嘗到最真、最深、最誠的愛情滋味。

段譽的癡情終是感了天地驚了鬼神，與心愛女子有了「山無稜，天地合，才敢與君絕」的愛情宣言。

段譽舒心一笑，燦如朝霞，語嫣為之魂牽夢縈。

初到江湖上行走的段譽以笑來向江湖人問安。在段譽看來，笑是幽默的表達方式，幽默可以舒解壓力，可以增進解決問題的能力。從大理出來，段譽眼見的幾乎全是殺戮與血腥，看著江湖人取人一條性命如同殺死一隻螞蟻那樣草率而為，那樣漫不經心；目睹著武功高強者視別人的生命如草芥，翻手為雲覆手為雨。段譽也深知想要去改變習慣了屈從於武力脅迫的江湖很難。改變江湖難，那就從自己做起。所以段譽以初生牛犢的精神和皇家薰陶出來的高貴氣質微笑著站在眾人面前，告訴他們「夫兵者，不祥之器，物或惡之，故有道者不處」，告訴他們當「上善若水」，用思想、品德、智慧建立起來的江湖會更讓人折服。

在段譽看來，「笑是兩個人之間最短的距離」，他相信一笑可以泯恩仇，有仇的雙方可以因為笑而盡釋前嫌，互不相識的人會因笑而使氣氛融洽起來。當人來到陌生的世界後，常是用笑與周圍的人打招呼，嬰兒淺淺一笑是告訴父母我已經認識了你們；戀人之間的傾心一笑是告訴對方我們已相互接納；朋友之間的一笑勝過千言萬語。會笑的人通常都有一顆愛的心，誠如釋證嚴法師所云：「微笑是最祥和的語言。」用笑面對每一天、每一個人、每一件事，世間的紛爭也會減少。

段譽所期望的美好江湖正在建立，就像後來的人們熟知的一句：「世上本沒有路，走的人多了自然成了路。」有了路，江湖中人就會習慣在路上行走了。

喬峰

契丹人蕭遠峰之子。襁褓中即被送往少室山由喬三槐夫婦撫養，師從丐幫汪劍通幫主，並接任其丐幫幫主之位。後因康敏之怨，契丹身世之謎被揭開，遂離開大宋。在遼國定居，並與遼國王耶律洪基結拜，後為阻止耶律洪基入侵宋國，挾迫其立誓後自殺謝罪。

喬峰

法官的兒子永遠是法官，賊的兒子永遠是賊。中原武林以想當然的心態為喬峰寫下了這樣一幅輓聯。

嘹唳度寒雲。雁門關外的悲風送給了喬峰一個混沌的身世，嗷嗷待哺的嬰孩吮著大宋的奶汁長成了錚錚男兒。喬峰統領著群丐守護著大宋江山，喬峰也用忠誠、執著守護著自己的家園，中原的江湖被龍嘯虎吟的氣勢所震懾、所欽佩。然「恍如一瞬星霜換」。三十年後，一個女人讓雁門關的故事開始續寫，因忽略產生的怨恨讓喬峰明瞭一些事實——他也是一隻被自己罵過的「契丹狗」，胸口的那頭刺青狼孤獨地咆哮著。換了、變了，從姓氏到種族；迷糊了、無奈了，從事實到心理；坦然了，接受了，從憤懣到平靜。隨著沖天的火焰和陰謀製造者的灰飛煙滅，那段迷離的日子留給喬峰的除了時時想到阿朱時的心痛，喬峰已然忘記了中原江湖曾給予他的不公平，甚至他還有些感謝那個陰謀的始作俑者，因為她，自己才有了真正的家園與故土。喬峰在遼國開始了新的生活。

喬峰走了，丐幫卻亂了。群龍無首的天下第一大幫開始懷念喬峰在時擁有的無限風光。江湖中有人開始思索是什麼改變了這一切，答案自然是陰謀。可是那個漏洞百出的陰謀何以能讓中原武林人士都像著了魔一般地去相信、去遵從？隱隱地，江湖中人感覺到了不安。他們知道了，陰謀能夠得逞，源於一種不信任，源於一種偏見。喬峰錯在哪裡？喬峰錯就錯在他血液裡流淌的不是大宋的血脈。三十年前，雁門關那個屈死的婦人哭了，她發現時間並沒有讓人變得更為理智；三十年後，那個有著太多欲望的婦人讓人性的弱點發揮到了極致。傷懷者問「法官的兒子永遠是法官，賊的兒子永遠是賊」還要吟唱多少年？問何人，會解這紛紛煩煩。

人「只努力記住自己做過的錯事——怕重犯。至於做對的事情，那是自然的，應該的」。對人性而言，不知道這算不算一條警世恆言。假設人一生努力地記住自己做錯過的事，不斷地警示，不斷地告誡，對心靈來說是否就是不斷的洗禮，不斷的提升，最後自然也就可以做到不重犯做過的錯事。那樣的積澱對自身、對人類都應該算是一種貢獻吧。

家事塵埃落定後，回歸遼國的喬峰原本可以活得滋潤而快活。然而，命運之神說，那樣的結局太過圓滿，只有悲劇才可以讓人驚醒，才會產生振聾發聵的質感。

「你以為你是無私無畏的大俠嗎？你以為你能化解所有的仇恨嗎？好吧，看看宋遼之間眼前的干戈，你這個大英雄如何去化解！」蒼天為喬峰又設置了一道難以逾越的障礙。然而，天與地之間的距離太大了，天老爺也不能完全了解凡人的心思，當一個人強到不怕人打擊的時候，設置的障礙就會像雲一樣飄走。人們看見了什麼，千軍萬馬之中，挾天子以令軍隊，眾多的生命可以暫且安穩數年。喬峰解救了眾生卻難以解救自己的心靈，他想到了「解脫」。

雁門關外，悲劇真的上演了，人們看到了一個偉岸身軀的倒下，聽到了一個靈魂在高歌：

我走了
我會是孑然一身
沒有家園
沒有深藍的蒼穹……
而那留下的小鳥依然在啼鳴……

虛竹

虛竹

少林方丈與「四大惡人」之一的葉二娘的私生子，從小在少林寺出家為僧。無意破得珍瓏棋局後成為無崖子關門弟子，接掌逍遙派掌門之位。後因救天山童姥成為靈鷲宮主人，並與夢姑結為連理。

虛竹

小時候喜歡看童話故事，是希望有著書中主人翁一樣的奇遇。長大了喜歡看金庸先生的武俠小說，是因為心中揣著一份兒時的夢想。也許不經意間，奇遇翩然降臨，如虛竹。

虛竹的奇遇一直為江湖中人津津樂道，人們都說那是老天刻意安排的，不然為何比他長得帥的、比他武功高的、比他棋藝強的都在珍瓏局面前敗下陣來？於是，江湖中人認定了這樣一個事實：不是你的萬般爭取終不能得到，是你的想逃也逃不掉。如虛竹之於珍瓏局、之於平添無崖子七十年的功力、之於天山童姥的武學真傳。然而我們的眼有時候也會欺騙我們的心，當人們被一種以為是事實的真相所蒙蔽時，往往會忘記了揭開真相表層，去探尋表象下面的本質。

讓我們來仔細分析一下當時的情景。在段譽、慕容復、鳩摩智等紛紛在棋局面前不能自持的前提下，段延慶又陷入了自殺的危險中，只想救人性命的虛竹於是胡亂地下了一子，這一子下去讓觀棋者大驚之餘恍然：這「置於死地而後生」的一招正是破珍瓏局的關鍵。之前的幾位或因愛或因貪或因執著走入了歧途，而虛竹只是為了救人，只是不忍見一條生命在自己的眼前消失。佛說：救人一命勝造七級浮屠。所以虛竹不管結果如何也不管是否會貽笑大方，出於一種習慣性的心理去幫助別人。恰是他的出於自然，才會有了被救者的傾力相助，不然僅是破了一招，憑虛竹的棋藝也難以對付後面的棋局，一盤沒有下完的棋自然是不會為虛竹帶來人們理解的奇遇的。所以虛竹的奇遇以佛家的因果來論即是：因為虛竹一個善舉的因，才有了他得「奇遇」這樣的果。

當我們茶餘飯後再講關於虛竹奇遇故事的時候，是不是應該告訴聽故事的人：「奇遇」不單單指「奇特的遇合」，它既包含了人們心中存念著的一份關於兒時夢想的美好回憶，還有如虛竹一樣的因單純的想法，單純的行動而獲得的意外收穫。

如果從事業是男人生命中最重要的組成部分的角度來評價一個男人，虛竹算是沒有事業心的男人了。從小在少林寺長大的虛竹，理想就是當一名普普通通的小和尚，每日裡聽經念佛，閒暇的時候學學武功。在虛竹看來，這就是他快樂的人生。

甚至在當了逍遙派和靈鷲宮掌門後，在破了佛門的殺戒、酒戒、色戒後，他都夢想著回到少林寺去當自己的小和尚。如果把虛竹所遇到的好事放到另一個男人身上，比如慕容復，那他一定會欣喜若狂，一定可以成就一番驚天偉業。可虛竹偏偏不，也許在他看來，擁有了江湖人羨慕的事業又如何呢？他還是不能尋求到當小和尚時的那種感覺。當初在粗茶淡飯的少林寺，虛竹有著無憂無慮的快樂。伊比鳩魯說：「快樂於我們乃至善且自然之追求，正因為如此，我們並不選擇每種快樂，而是偶爾放棄多種快樂，因為這些快樂會帶來更大的不安。」虛竹選擇的快樂就是當一名小和尚的自然願望，當他有了「普通人」的食的快樂、肉體的快樂、權位的快樂時，反倒不安了。儘管他也覺得加肉的麵好吃，對有過肌膚之親的夢姑念念不忘，可在能選擇的時候他還是願意做自己的小和尚。

和喬峰一樣，虛竹離奇的身世容不得他過自己想要過的生活。儘管在靈鷲宮有夢姑相伴，不過，如果再讓他選擇，虛竹可能還會選擇做和尚？

慕容復

以姑蘇慕容家「以彼之道還施彼身」行走江湖，為復燕大計不擇手段，放棄愛情、殺死忠實屬下，夢想不能實現，在瘋癲中了此餘生。

慕容復

為了那段舊江山，慕容復把一生都賠了進去。故國夢，何處堪尋？燕國早已塵封的過去一代代傳承下來，祖先們的光榮與夢想讓慕容復忘記了世上還有一種生活叫平淡。

偉大的所羅門王曾做了一個夢：一位智者在夢裡告訴了他一句至理名言，這句名言涵蓋了人類的所有智慧，能使他在得意的時候不會趾高氣揚，忘乎所以；失意的時候能夠百折不撓，奮發圖強。但是醒來後所羅門王怎麼也想不起智者告訴他的那句至理名言是什麼，於是他召集國內最有智慧的幾位老臣，要求他們把那句名言想出來。幾天後，老臣把答案告訴了所羅門王，智者的那句至理名言是：「這也會過去！」

慕容家的夢做了一代又一代。祖輩父輩們殫精竭慮依然沒能光復的過去也沒有讓他們活得清醒實在一點。時間流走了，曾經輝煌、成功、失敗都將成為過去，就像我們根本無法阻擋黑夜來臨一樣，我們唯一能做的就是等待新一輪紅日的升起。黎明來了，人們著手做的是那些值得付出努力和艱辛的事情，而非已經幻滅的、已經成為過去的夢想。然而慕容博以及他的父輩們都不願意脫離虛假光環的照耀，固執地堅守著沒有前途的過去，於是他們把慕容復帶進了一個已經腐朽的未來。江湖中有人歎道，父輩們高遠的心毀掉了子孫的幸福。

爾後的慕容復是欲罷不能了。他遵從著「平凡的人聽從命運，只有強者才是自己的主宰」的準則延續著父輩們的夢想。假想的榮耀讓慕容復處於一種虛妄的理想狀態中——燕國的新君王。然而事實是：在武功的造詣上、事業的成功上慕容復都遜於喬峰百倍，在胸襟氣度上遠沒有段譽的豁達，在對人忠厚上差於虛竹萬里，在心機謀略上又不及鳩摩智，如此比上比下讓雄心勃勃、自信、孤傲的慕容復有著難以訴說的痛苦。這種痛苦壓得他喘不過氣來，以後江湖中人看到的慕容復已經退去了清高的外表，向人們展現著他的陰險、卑鄙和功利。慕容復已經完全忘記了即使他能光復大燕，憑著他現在的品德，來之不易的江山恐怕也會很快就會被顛覆，因為一個人只有具備了良好的品德才能真正被人愛戴。

慕容復踏著父輩的足跡終於發現了故園花無幾，靈魂突然空得沒了歸處。瘋了的慕容復成了一道風景，看見他江湖人會說：當夢想已經不能實現的時候，應該學會放棄，適時的捨卻是為了更好地前進，最光明的未來總是建立在淡忘的基礎上，只有擺脫過去的失敗和痛楚，人才能繼續走下去。

慕容家的帝王夢隨著慕容復的瘋傻徹底斷了。有人說，假若慕容復明白「這也會過去」的道理，他可會恍然夢醒，淡遠歸舟？

段正淳

鎮南王，大理國國王之弟。生性風流。除妻子刀白鳳外，與甘寶寶、秦紅棉、阮星竹、王夫人、康敏等女子皆有染，用情雖濫但很專一，後情人皆被慕容復所殺，他亦自殺而亡。

段正淳

「魚我所欲也，熊掌亦我所欲也，然二者不可兼得。」

段正淳老婆想得也，情人亦不可捨也，唯其六者兼得乃福也。別人只魚和熊掌兩者卻不可兼得，段王爺卻要六者皆收於帳下，是心太貪還是男人本性的顯現？通常情況下，愛在男人生命中的地位遠沒有事業重要，但愛卻又是他們生命最不可或缺的。「愛情是人類精神的一種最深沉的衝動。」當男人們為自己的博愛找到理由後，不是為愛而生的男人就夢想著能愛一愛二愛三，像段正淳這樣為愛而生的男人愛五愛六愛七愛也就是天經地義的事了。

大理國的王爺段正淳，長相風流倜儻，談吐溫文爾雅，性格正直剛毅，談情浪漫幽默兼以武功超然，真可謂男人中的「真龍」。除了打理國家事務外，段王爺最大的愛好就是好求窈窕淑女。從正室刀白鳳，到有名可數的情人甘寶寶、秦紅棉、阮星竹、王夫人、康敏，段王爺在江湖上一路走過就留下了一路的風流。雨果說：「愛，是不知足的。有了幸福，還想極樂園，有了極樂園，還想天堂。」段王爺以他的睿智理解了這句話。妻子刀白鳳是他生命中要長相廝守的愛人，而甘寶寶、阮星竹等卻是可以給他意外幸福的女人，她們或剛烈、或溫柔、或靈巧，讓段王爺在溫柔之鄉中體驗著不同的女人之美、之韻。段王爺儘管如此地喜愛拈花惹草，偏又非薄倖之輩，對每一個女人他都有一種熾熱濃烈的愛，都分外地珍惜，因此每一個與他相處的女人都覺得自己找到了生命中想要的男人，即使她們知道了自己不過是他又一個女人後，最多悵然地歎上兩句「我的痛怎麼形容，一生愛錯放你的手」後又投入他的懷抱。「任何一個傻瓜都能引誘一個姑娘，那是很容易的，但是知道怎麼樣離開她，只有成熟男人才能做到。」這條會引起女人們憤怒的所謂「傻瓜定律」一定會讓段正淳暗自偷笑。段王爺是笑錯了，其實一個男人要真正地了解女人太難，如段王爺這般算是女人通的男人也只是略窺門徑。段王爺引以為豪的是與他有關的女人都迷戀他，其實，還是女人自身的原因居多。在女人看來「女人一輩子都在愛著她第一個男人，不過不是用她的肉體，而是用她的記憶」，段王爺那些個正室側室不能忘懷段王爺實際上是不能忘記自己曾經有過的愛的記憶。倒是女人們對男人的心理想法了解得更為透徹更為精到一些。有書為證：「也許每一個男子全都有過這樣的兩個女人，至少兩個。娶了紅玫瑰，久而久之，紅的變了牆上的一抹蚊子血，白的還是『床前明月光』；娶了白玫瑰，白的便是衣服上的一粒飯黏子，紅的卻是心口上的一顆朱砂痣。」張愛玲的紅玫瑰白玫瑰論把天下男人的心思刻畫得一覽無遺。段正淳見著紅玫瑰的時候，已然忘記了他的「鳳凰兒」或「親親寶寶」等等白玫瑰黑玫瑰綠玫瑰。

「生亦我所欲也，所欲有甚於生者，故不為苟得。」段正淳見著自己的玫瑰一個個皆去了，以後相思何處說，以後玉壺紅淚與誰相偎。

「親持鈿合夢中來，信天上人間非幻。」段正淳又找到了愛情，宛如神仙。

王語嫣

段正淳與王夫人之女，慕容復表妹。容貌清麗脫俗，為表哥遍讀天下武學書籍，但最終被慕容復拋棄，在枯井中與段譽情定終生。

王語嫣

人的最高職業是愛情。當王語嫣款款走進人們的視線時，江湖人相信了，有一種女人是為愛情而生的。當有能力或有權力可以自己做主的時候，女人們都渴求把愛情經營得最為完美，於是有人說，尋找愛情也是女人的職業。

在拒絕段譽愛情之前的王語嫣，苦心經營的是從小就埋植在心裡的戀情。長成二八佳人後，更覺「寂寞深閨，柔腸一寸愁千縷」，所有心思都在慕容復一人身上，包括母親在內的其餘人等皆不足以道。於是柔弱的王語嫣果敢逃出家門，不怕風霜雨雪會給自己姣好的面容留下滄桑的痕跡，不在乎涉足險惡江湖會有性命之憂，只求能追隨戀人的足跡，只盼從此後可以終日與表哥凝眸廝守。江湖人皆道，王語嫣已經把愛情這份職業經營得相當好了。雖心期切盼，卻愛人漸遠，王語嫣終是沒能得到苦戀的愛情。「凝眸處，從今又添，一段新愁。」江湖中多數人認為慕容復是因為江山而捨棄王語嫣的，也有反對者以為是王語嫣自己的錯。她看似事事處處都以戀人為念，實則是在愛情中尋求自我陶醉的快樂。她就像是生活在真空中，除了慕容復可以牽動她外，周遭的一切她都可以不聞不問。一朝良苦心事堪破，整個身心也跟著毀滅了，於是便想著脫離塵世，眺望極樂西天。於是有人歎道，王語嫣真的單純到了無知的地步。作為一個社會人單純到只為某一個人而活幾乎是不可能的。人會因角色的變化而擔負不同的責任，如果一味只顧念自己的心思，除卻自私別無相贈。

王語嫣，一個以愛情為職業的女人，在愛上了慕容復這樣一個男人後，她便在他的身上尋找神的影像。王語嫣有一句口頭禪：「我只關心一件事就是去愛，我可以忘記自己甚至毀滅自己。」所以在慕容復去應徵西夏駙馬後，王語嫣要一死再死。這樣的行為並非通過了正常的判斷，對女人而言，她們的行為在許多方面都是一種抗議，比如王語嫣跳崖投井。王語嫣也有著慕容家族性的固執，她寧願選擇死亡也要固守在她所認為的理想王國中。現實中的理想破滅了，可是鳳凰都可以涅槃而再生，王語嫣相信在另一個王國裡她可以再生，為愛情。可是生之髮膚受之父母，豈可想捨棄就捨棄。所以當王語嫣跳崖的瞬間，被稱為惡人的雲中鶴伸手相救。雲中鶴說那是因為他捨不得一個美人兒就此灰飛煙滅，實際上他是對生命的尊重。王語嫣就是不明白這個道理，跳崖不成，就投井，投井也不成，就選擇段譽。有網友曾說：王語嫣歸結起來四個字「水性楊花」，不論是對愛情還是對生命。也許吧。至少我不相信她對段譽的愛情是真實的，她只是求死不成後，現實了，找一個愛自己的人嫁了，至少能得到實在的別人給予的幸福。

一夜之間的變故可能會改變一個人的生活態度，但要讓人在一夜之間把對某人刻骨銘心的愛轉移到另一個人身上，誰能相信？誰又能辦得到？愛一個人可能只需要一分鐘，而忘記一個人卻需要一輩子的時間。

除非王語嫣真的是神仙，用天上的時間來計算著凡間的愛的遺忘。

康敏

段正淳的情人，丐幫副幫主馬大元的夫人。因喬峰不為美色所動心有所怨，用美色誘丐幫白世鏡、全冠清於裙下，策劃了揭露喬峰身世之謎。後被阿紫毀容，自己被自己嚇死。

康敏

子曰：「唯女子與小人難養也。」夫子對這句話裡包含的兩類人有一個界定，即「近則不孫，遠則生怨」的女子和小人。這樣兩類人其中之一類表現出來的品性已經讓好人感覺到可怕了，倘若恰又是女子和小人正好是一個人，那會是怎麼樣一個狀況？康敏告訴了江湖中人，被她糾纏上會是怎樣一個後果。頂天立地的喬峰不就因為在英雄大會上沒有看她一眼而招來殺身之禍。「遠則生怨」，沒錯。

離開段正淳後，康敏嫁給了丐幫長老馬大元，從身分、地位、浪漫、情調、錢財等諸多方面馬大元都遠遜於段王爺，享受過無限風光的康敏怎奈得住寂寞獨處，怎容忍「顧盼遺光彩，長嘯氣若蘭」的自己只面對無情無趣的馬大元一人。「上有愁思婦，悲歎有餘哀，借問歎者誰？自云美人婦。」長期的獨居深閨讓康敏自歎自憐，終於可以一展自己姿色的機會來了。洛陽城百花會，康敏自忖自己貌勝貂蟬、媚過妲己，與她相比，百花都會含羞低頭，天下男子還不得為她寢食難安？也正如康敏所想像的那樣，她從眾多的男子的眼神中看到了自己的美帶給他們的欲望，虛榮心得到極大滿足。喬峰來了，出眾的喬峰一出現便吸引住了康敏的注意，她同樣以為喬峰也會和其他男子一樣，對她的美不會視而不見。可是康敏想錯了，喬峰只顧與群雄豪飲，看都沒有看她一眼。康敏憤怒了，「地獄沒有比被蔑視的女人更猛烈的怒火」。康敏內心的潘朵拉盒子被打開了，她要喬峰為自己的無知付出代價。康敏以後對待喬峰的種種行為很難找到一個合適的詞語來形容，也許「小人」之說最適合她陰暗的心理。

小人是什麼?余秋雨先生說：「如果說得清定義，小人也就沒有那麼可惡了。」小人是一種很難定位和把握的存在，約略能說的只是這個「小」，既不是指年齡，也不是指地位。余先生說，小人基本上不犯法，因此法律制裁不了小人，因此這也是小人更讓人感到可怕的地方。比如《水滸傳》中的無賴小人牛二，纏上英雄楊志，楊志一躲再躲也躲不開，只能把他殺了，但犯法的是楊志，不是牛二。小人用卑微的生命黏住一具高貴的生命，高貴的生命不想受污辱，就得付出生命的代價。果然如此，康敏開始對喬峰進行瘋狂報復。當她一身縞素出現在杏子林的時候，江湖英雄誰能想到一場武林浩劫會始於她這樣一個怯弱的小女子之手。當事情大白於天下後，人們對她這樣的女人感到怕了，在今後的交往中，人們會因存在過的康敏而彼此產生不信任，彼此防範。君子們也很難坦蕩示人了，因為連喬峰這樣的大英雄都會引來無妄之災，還是躲進小樓的好。那麼面對康敏、牛二這般的小人，好人除了躲著就別無他法了嗎？還是引用余秋雨先生說的：「我們死都不怕，還怕小人嗎？」

臨死之前康敏從阿紫身上體會到了陰毒是什麼滋味，阿紫扔下的兩個字「活該」更讓康敏覺得找到了知音，畢竟世上還是有人懂得自己。康敏知道人總是要為自己的行為付出代價的，就像喬峰要為自己的「狂傲」付出代價一樣。「善有善報，惡有惡報。不是不報，時候未到」，該來的躲不了。

愛的、恨的、怨的、怒的……康敏一生中經歷過的男人如幻燈走過腦海。康敏笑了：「男人不過爾爾。」只有康敏自己心裡明白，喬峰只是啟動了她內心報復天下男人欲望的火焰。江湖中英雄之輩、無名之流，自以為是的大男人們不一樣被自己牽著鼻子走。

「唯女子與小人難養也」，康敏說我正是為詮釋孔夫子的話而生的。康敏笑了，嬌笑倩兮，美麗得依然會讓男人心疼。

阿凱

阿紫

段正淳與阮星竹次女，從小投入「星宿派」門下，盜走本門「神木王鼎」出逃，遇喬峰暗生愛慕之情，被喬峰誤傷後一直跟隨喬峰。後被師傅丁春秋毒瞎雙眼，幸得游坦之相助得以復明。喬峰自盡後剜去雙眼，抱著喬峰屍體跳下懸崖。

阿紫

人之初，性本善。

當江湖中人見著阿紫後，大呼此言謬矣。對正人君子，如諸萬里，阿紫小姐是極盡嘲諷之能事，最後這位好漢為雪被辱之恥甘願命喪黃泉；對惡人，如馬夫人，阿紫的手段至少是前不見古人，讓這位惡婦人嘗到了肝腸寸斷、撕心裂肺的痛；對愛人，如喬峰，設計施毒針，只為能終生相陪；對單戀者，如游坦之，其手段更是駭人聽聞，鐵頭人、殘疾人皆阿紫小姐所賜。對自己，同樣殘忍，伸手一出，雙眼鮮血淋漓，那痛該是何等。阿紫就這樣，以惡名在江湖上一路闖過。人們咒罵著星宿老怪，同時也詛咒著阿紫。

當江湖中人一味指責阿紫心狠手辣的時候，有另外一個聲音在耳邊響起：「子不教，父之過；教不嚴，師之惰。」有誰知道阿紫是怎樣長大，又怎樣活下來的？

鍾靈有著母親和「父親」的呵護，木婉清實則也在母親的照看下成長，同胞姐姐阿朱也得到了主人家的關愛。阿紫呢？在星宿派，不講道義，不擇手段，成者為王敗則寇，阿紫只學會了「適者生存」這句話。

厚黑學功夫到家的星宿老怪教育徒弟的方法也是別出心裁：「斫其正，養其旁條。鋤其直，遏其生氣。」小小孩兒天天耳聞的是師傅的：人以惡、毒為美，善則無姿。所以當江湖中人見到阿紫的時候，渾身上下除了邪氣便是惡氣。而當阿紫開始在江湖中行走的時候，感覺到江湖正如師傅所說，充滿陰謀、險惡、暗算。於是阿紫採用了以惡對惡的辦法來自保。就像喜歡鬥酒的人，當碰上比他還能喝的人後就會掩面走開，以求獨善。

父親的力量是無窮的。大量的心理學、社會學研究顯示，父親在家教中的重要作用是任何人都不能代替的。父親是孩子第一個崇拜的人，父親對孩子的影響是重要而深遠的。在一項關於神經症患者和正常人父母教養方式的對照研究中顯示：父親的嚴厲懲罰、拒絕、否認或過度的保護都會對孩子今後的身心發展有著重要的影響。過度的保護會影響孩子今後獨立解決問題的能力；否認與拒絕會使孩子自卑；嚴厲的懲罰會使孩子膽小怕事。所以「子不教，父之過」一點不假。段正淳何曾擔當起過父親的責任。即使在知道了阿紫是自己的女兒後，見了阿紫令人毛骨悚然的待人行事，段正淳都沒有問過為什麼，也沒有想過怎麼辦。如果多抽一點時間陪她，多花一點心血教育她、感化她，小小阿紫也是可以變得善良、可愛的，有哪個女兒家不希望聽到讚美之音？事實上段正淳是有力量讓孩子崇拜自己的，也具備改造孩子的人格魅力。然而段正淳寧願聽憑自己的女兒在一片黑夜迷茫般的內心困惑中摸索著成長。至此，也許江湖中人會對阿紫多幾分寬容和憐愛，對段正淳、丁春秋添幾許埋怨和譴責。

阿紫怪異、詭誕給一些尋找人生答案的人又多設了一問：「人是什麼？」人是什麼？愛因斯坦說：「一個人很難知道在他自己的生活中什麼是有意義的，當然也就不應當去打擾別人。魚對於它終生都在其中游泳的水又知道些什麼呢？」看來江湖中人其實並不在意阿紫是否能領會人生的意義是什麼。阿紫之所以被千夫所指，是因為她的行為打擾了江湖中人。

阿紫到死都讓人側目心驚。雁門關，阿紫一跳，和著最後的淚和最初的夢。最後的淚，包含著往日的痛苦；最初的夢，孕育著另一種幸福。

阿紫離去了，深山空谷聞歌聲：「能不能讓我陪著你走，既然你說留不住你。回去的路有些黑暗，擔心讓你一個人走。」

阿朱

阿朱

段正淳與阮星竹長女。慕容復家使女，易容術出神入化。去少林寺盜書被喬峰所傷，從此兩人私定終生，但被康敏所陷，易容為段正淳模樣後被喬峰打死。

阿朱

生存還是死亡，這是一個問題。

天哪，這麼嚴肅的哲學問題，怎麼就堪落在了小女子阿朱身上。三個時辰前，阿朱還與自己的情郎描繪著美好的未來生活，一旦解了喬峰的心結便「開荒南野際，守拙歸田園」，你狩獵來我織縫，你放馬來我牧羊。依著愛人堅實的臂膀，阿朱已然觸摸到了幸福，一絲嬌羞、一絲甜蜜纏繞著機靈而美麗的阿朱。一路上有你，苦一點也願意，心意相通後的阿朱和喬峰滿懷希望地踏上了去了結痛苦的小鏡湖。不過短短六個小時，一切都變了，所謂的現實把阿朱逼進了絕望的深淵。簫聲咽，阿朱問：時間，你就真的這麼無情？蒼天，你就真的天妒紅顏？難道真的是「真正相愛的早晚要分離」？鏡湖傷別，斷橋邊，阿朱飄然落下，如一粒塵埃。喬峰明白了，人都是要化為塵埃的。喬峰不明白，阿朱為何要出此下策。阿朱用最後的力氣說出了兩個字：為你。喬峰終於懂得了愛人的心。如果殺死了段正淳，那麼整個大理國都會是喬峰的敵人，從此以後只怕喬峰再也沒有安生日子過了。「死亡教會人一切，如同考試之後公布的答案……雖恍然大悟，但為時已晚。」

生存還是死亡，阿朱選擇了死亡，為愛情。

淚眼倚樓，悠悠夢裡尋。恍兮忽兮間聽見江湖巷談：阿朱死，乃必然。阿朱不死，喬峰雖受盡天下苦，一句「得妻如此，復有何憾？」便可化苦為甘，又怎會輕絕紅塵。阿朱死了，喬峰萬念俱灰，雁門關外不過是延遲的死期。阿朱死只是為喬峰之死寫下序曲。阿朱真傻，如果她多活一天，喬峰也可多活一日。九泉下的阿朱如知此間過節可會「忍淚佯低面」，心亂。

又是江湖中人以杞人之心度阿朱之腹了。阿朱是何等乖巧的女子，她即能唯妙唯肖地模仿江湖中任何人，沒有絕頂的聰明，沒有睿智的思想是萬難的。送阿朱上奈何橋的馬夫人也僅僅是因為一句不為外人道的情話才識破機關，所以，阿朱做出的是自己認為正確的選擇。阿朱易容為段正淳，是想化解愛人心中的仇恨，用自己的死去維護喬峰的生命，如此又怎會有半句的埋怨和絲毫的後悔。

阿朱作出的最後選擇喬峰是懂了，江湖中人慢慢也琢磨出一些道理。人一生總要面臨無數次的選擇，不管處於多麼兩難的境地，都應該有一個答案。智者說，選擇於人的一生不是無可無不可的，一次選擇就會改變個人一生的命運。一如下面這些故事：

做王子還是做佛陀：悉達多太子閱盡了人間繁華、聲色犬馬。一日深夜，在目睹了宮女睡態之醜後，終於作出選擇，毅然離開王宮，做了和尚。幾經磨難，悉達多王子成了佛。王子的選擇送給了人世間一個普度眾生的釋迦牟尼。

要江山還是要愛情：A、阿朱的公子爺慕容復就面臨過這樣的選擇。應徵西夏女婿可以為自己未來的江山找到一座靠山，選擇王語嫣則可以享受愛的甜美。慕容復選擇了，結果自己瘋了，愛情也沒了。B、本應該繼承皇位的溫莎公爵，愛上了一個皇家不能接納的女人，公爵選擇了愛情，放棄了王位。溫莎公爵因選擇產生的一段佳話被無數愛情至上者傳唱不息。

要生命還是要愛情：A、梁山伯與祝英台，兩個不在同一階層的戀人選擇了愛情，放棄了生命。蝶兒雙飛，一段遠古的愛情，一首千年的絕唱因選擇而美麗、動魄。B、茱麗葉與羅密歐兩人驚天動地的愛情亦不能消除家族的百年仇恨。愛情這杯美酒兩人只能在天國共飲，共合一曲「你選擇了我，我選擇了你，這是我倆的選擇」的天籟之音。

契訶夫說：「要是已經活過來的那段人生，只是個草稿，那該有多好。」另一個聲音說：「完美是種理想，允許你十次修改也不會沒有遺憾。」

射鵰英雄傳

射鵰英雄傳

如果把武俠比作成人的童話，那麼，八〇年代初，由翁美玲、黃日華主演的《射鵰英雄傳》，則為我們打開了一扇進入成人童話世界的大門——精靈古怪的俏黃蓉和憨態畢露的傻郭靖，天真固執的老頑童，東邪西毒，南帝北丐，每個人出場都讓人眼前一亮；而裡面所描寫的，哪怕是「壞」人的愛情，都那麼淒美感人，比如楊康之於穆念慈，完顏洪烈之於包惜弱，梅超風之於陳玄風……因此，《射雕英雄傳》已經不僅僅是一個故事、一部小說、一套劇集，現在它已經成為一代人成長的記憶。

黄蓉

黃蓉

東邪黃藥師愛女，精通奇門術數，機靈精明。拜洪七公為師，並成為丐幫第一位女幫主。

黃蓉

沒有認識郭靖以前的黃蓉是十分孤獨、寂寞的。不敢說那個時候的她是整日以淚洗面，但可以肯定那個時候的她一定是不快樂的、抑鬱的。只是不知道桃花凋零之時，蓉兒可會和黛玉一樣，在埋葬花瓣的同時也在埋藏著自己孤苦無助的心事。「花自飄零水自流，幾多煩惱幾多憂。」美麗的蓉兒蒼白、單薄得如同一張紙。

離開桃花島的蓉兒變得鮮活起來了。「給我一根槓桿，我就可以撐起整個地球。」真的，蓉兒用江湖中才有的喜怒哀樂把自己的生活裝扮得絢麗斑斕。「我是風，吹過高山，越過海洋。我聞到了野花的芬芳，聽到了百鳥的歌唱。」紅塵江湖讓自由放飛的蓉兒感受到前所未有的歡暢。

後來有人說：「黃蓉本來就是屬於江湖的。」雖然充滿仙風靈氣的桃花島賦予她尊貴、剔透、聰穎的氣質，然而「高處不勝寒」；唯有紅塵中的江湖才能給予她親情、友情、愛情，這些人生必不可少的快樂源泉。黃蓉在行走江湖中，體會著塵世的瑣碎、繁雜和喧囂，收穫著快樂、憂傷和希望。一位江湖前輩對蓉兒說：「生活就是酸甜苦辣麻，幸福就是油鹽柴米醬醋茶。」

黃蓉其實已經體會到了這一切，「採菊東籬下，悠然見南山」的桃花島是不能讓她品味到紅塵世俗之美的。

「人的一生會出現很多次機會，我們能把握的不過十之一二。我真慶幸沒有讓離家出走的機會從我的手中悄然滑落。」憨憨的郭靖是不能聽懂蓉兒說的這番話的，因為他不會知道離家出走對黃蓉意味著什麼。黃蓉也是在感受了江湖的恩恩怨怨重回桃花島時才知道那次逃跑對她意味著什麼。選擇離開桃花島是黃蓉為數不多的改變她整個人生的一次機會，黃蓉抓住了。因為這次機會，她找到了愛情，從而擁有了一生的幸福；因為這次機會，她成了丐幫第一任女幫主，成就了一番事業。她可以無悔地說：驀然回首，我沒有碌碌無為虛度光陰。我來過了，江湖，謝謝你賜予我的一切！

「我已歷經種種心路歷程，所以現在我知道，我已經準備好了」。

我們已經準備好了嗎？我們懂得把握轉瞬即逝的機會嗎？我們有足夠的勇氣

嗎？

多少江湖中人因猶豫、困惑、膽怯而不敢邁出第一步，結果錯失良機。

「跳呀，高昌不是跳下去了嗎？跳下去就是一片藍藍的天」。或許是因為對不可知未來的恐懼，或許是因為對現時擁有的東西太過珍惜，就算知道跳下去是美好燦爛一片，我們往往也裹足不前，原地踏步。

據說，後來武林做了一次測試，選出自己心目中最有眼光的女人，黃蓉位列名甲。評委從選票答案中總結出黃蓉當選的兩條原因：

第一，在選擇夫婿問題上，黃蓉眼光獨到，選擇了當時尚名不見經傳且又笨又憨的郭靖。她能從平凡的背後發現偉大。

第二，在拜投師傅問題上，黃蓉胸襟開闊，沒有因為父親的名聲而不願接受別派武功。她能從江湖的門派中跳出，尋求最適合自己的東西。

人生試題一共四道題目：學業、事業、婚姻、家庭。黃蓉都完成得極好。

穆念慈

穆念慈

楊鐵心義女，曾得洪七公指點武功。比武招親時被楊康贏取芳心，從此無怨無悔跟隨楊康。

穆念慈

奧維德說：「墜入情網的靠等待過日子。」穆念慈看到這句話一定會痛哭流涕。她一直在尋找答案，尋找為什麼墜入楊康的情網中就不能自拔的答案。現在找到了，找到了支撐自己等待下去的答案。

穆念慈無數次對楊康說：「你說吧讓我等多久，把一生給你夠不夠。」楊康能給她的答案是什麼呢？無休止的謊言，無休止的欺騙。到了後來，穆念慈宿命地認為，她來到這個世界就是為還楊康眼淚債的，就是為圓楊康的謊話而存在的，就是只為一個愛字而活的。認清了這樣的事實後，她自甘墮落於這無望的等待中不能自拔，不願自拔，不想自拔。

江湖中人對穆念慈的這種迷途不返的愛戀實難理解。人們想知道她瘦弱的雙肩怎能承載這麼多關於愛的謊言？後來在《情愛論》中看到這樣一段話：「一個愛動感情的嬌小女子在愛情上會表現出非凡的剛毅和無窮的耐心，長時間地，年復一年地期待著幸福的光臨。」心中疑問釋然。穆念慈是為愛情而生的，她已經把愛當成理念，她相信不管多麼艱難愛情一定會降臨。有關人士認為，這樣的種種行為實際上是一種愛情觀的表現，並把它稱之為「穆氏現象」，宣稱後世中有欲做穆念慈者需有足夠的眼淚才能來支付一場馬拉松式的愛情長跑。

後有好事者也對「穆氏現象」進行了一番研究，得出的結論是穆念慈的這種愛情觀已經違背了江湖中人最根本的行走原則：誠信和道義。楊康欺騙她，她卻幫著楊康來欺騙整個江湖，穆念慈這樣的人可悲、可怕。

《澀女郎》中，當于露為得到王浩使出各種手腕時，萬人迷說：「世界上有兩件事最可怕，有錢的男人和急於結婚的女人。」于露就是個急於結婚的女人，穆念慈也是個急於結婚的女人。于露用的是「步步緊逼」法，穆念慈使的是「忍讓堅持」招，異曲同工。不管對手如何反應，她們每天都會說同樣的話：我還是想你、盼你、怨你，天天在等你。那份哀怨無不為之戚戚，那份執著無不為之動容。她們雖然意識到自己落入了一個可怕的愛情陷阱，但她們說願意在這個陷阱裡窒息而死。

「梧桐樹，三更雨。一葉葉，一聲聲，空階滴到明。」

從見著穆念慈的那一刻起，就從沒見她笑過。美如秋波浩渺的雙眼只為楊康一個人而哭泣。愛情給予戀人的除了苦和淚，更多的當是發自內心的笑和喜悅。穆念慈品嘗的是什麼呢？即便女人再是水做的，「想眼中能有多少淚珠兒，怎麼經得起秋流到冬，春流到夏」。在自己構築的愛情陷阱裡，穆念慈流盡了最後一滴淚。

穆念慈的父母不會知道她們的女兒誕生之時的一聲啼哭伴了她的一生；穆念慈的兒子不會知道聽見他的第一聲啼哭是他母親最舒心的一次歡笑。

一聲歎息，戀戀紅塵已遠去。

塵埃落定，終將心事虛化了。

瑛姑

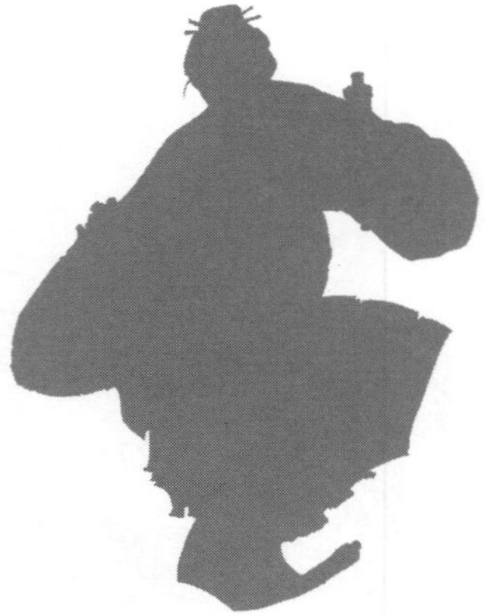

瑛姑

段王爺的愛妃。與周伯通有私並生下一子，但被裘千仞所害，記恨段王爺當時未及時援手相救，一直隱居黑泥沼尋機報仇。

瑛姑

女人靠理由生活下去，絕望中的女人靠足夠的理由生活下去。

瑛姑為著替兒報仇、重織鴛鴦夢兩大理由在沼澤地裡生活了十幾年。沒有人交流，沒有爭吵，無喜無歡，如植物人般默默地度過了那麼多年。我一直在想，當瑛姑累了倦了寂寞了，她用什麼來支撐自己，難道說女人真的是因為理由而生存嗎？看來是真的，祥林嫂為一個「祝福」的理由活了下來；穆念慈為虛幻的愛情活著。絕望又充滿希望的女人通常能吃常人不能吃之苦，忍常人不能忍之難。據說這是因為女人與生俱來的一種韌性，因此她們能把百煉鋼化成繞指柔。可是這樣的人也最容易鑽牛角尖，為了達到目的，可以不擇手段。比如瑛姑，借黃蓉之手，對一燈法師痛下殺手。難道還真是「天下最毒婦人心」？

偏見容易讓人產生更深的偏見。瑛姑因周伯通對王爺產生了偏見，後因兒子受傷求段王爺救治不果，對王爺的偏見加深，並由此萌發欲取其性命而後快的念頭。有人說，瑛姑殺段王爺為其兒子報仇的原因是虛，實則是想為自己逝去的青春討個公道。誠然，一個女人最美好的年齡都是在孤獨寂寞焦慮中度過，其境何堪？瑛姑為了一份平凡的愛情捨去王妃的地位，只為與周伯通過貧民式的幸福生活，只是所託非人啊。一聲歎息外，遷怒於王爺其情可原。女人的心怎可容納百川？其實女人想要的就是一種「小女人」的生活，享受相夫教子之樂，兒女膝下承歡之美。女人真正的一無所有不是沒有金錢、不是沒有事業，而是沒有愛情。

幸好段王爺修練成了一燈法師。他懂得寬恕別人也就是在寬恕自己，他懂得人人心中都要為寬容留下一塊心田，這樣才會快樂而知足地善待每一件事，善待每個人，從而也就善待了自己。

瑛姑是充滿靈性的，瑛姑也是渴望美好的。瑛姑從一燈大師那裡學會了怎麼樣去找尋快樂、怎麼去生活，也讓別人生活。叔本華說：「在這世界上生存，具備一定的預見能力和寬恕能力合乎我們爭取幸福的目的。」

「四張機，鴛鴦織就欲雙飛」。瑛姑終是了了心中的夙願。經過千難萬險後飄然而至的幸福讓瑛姑感慨萬千，珍愛有加。

那麼真正的幸福是什麼呢？一本書上說真正的幸福可以用一個公式來概括：

幸福＝P＋（5×E）＋（3×H）。

這裡，P代表個性，包括世界觀、適應能力和應變能力。

E代表生存，包括健康狀況、財務狀況和交友的情況。

H代表更高一層的需要，包括自尊心、期望、雄心和幽默感。

梅超風

黃藥師弟子。與師兄偷走《九陰真經》後從桃花島逃到大漠，修練「九陰白骨爪」，後為救師父被歐陽鋒打死。

梅超風

半生的東奔西突後，梅超風從逃離桃花島又重歸了師門。在感受了生活的神秘性、不可預見性和無可奈何性後，梅超風帶著滿心的傷痛和滿身的傷痕回來了。可是倘若有人問她落得個夫死己瞎的結局後悔嗎？性情中人的梅超風一定會說：如果再回到從前，就讓一切重演。生命固然可貴，但愛情的自由卻是值得用生命去換取的。

江湖一直傳聞梅超風是為《九陰真經》逃離桃花島的，梅超風自己說是為愛情而出逃。為了和師兄能在自由的天空中享受愛情的甜美，她唯有出此下策：離開師父，帶走《九陰真經》。師父會反對這樁婚事，所以得逃跑；帶走《九陰真經》是為修得絕世武功，日後行走江湖才能不辱師門。畢竟江湖中人皆知「銅屍」和「鐵屍」是黃藥師的徒弟，如果武功平平笑話自己事小，笑話師父可就是大不敬了。

違背良心而做的事總是要設法尋找一些藉口，有了藉口才可以慰藉內心的愧疚與不安。有了藉口的梅超風還是選擇了背井離鄉，去到遙遠的大漠。有了藉口的梅超風還是對江湖中人不恥的偷盜行為耿耿於懷，而讓師兄稱她為「賊婆娘」。在塞外，長河落日圓、大漠孤煙直的壯麗美景她無暇無心欣賞，每日夜裡抓個人來取其性命還得為自己的暴力穿上美麗的外衣。在塞外，梅超風唯一能做的就是和師兄苦修武功，唯一感到安慰的就是能和師兄朝夕相處。得到了愛情、得到了自由、得到了《九陰真經》的梅超風可曾得到心靈上的片刻安寧和真正意義上的無拘無束？

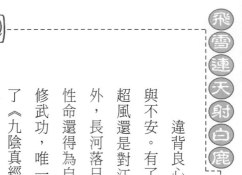

「一切力量本身都是有局限的」，包括愛情的力量，何況因愛情而背離師門其力量已經被摧毀了。師兄死了，自己的眼睛瞎了，梅超風感覺到無邊的寒冷。聽著大雁南歸的聲音，梅超風想自己也該回到江湖了，讓江湖恩恩怨怨產生的另一股力量來支撐自己。沒有了愛的生活固然單調、可憐、可悲，但日子還是得繼續……

在王府後花園的山洞裡，梅超風靜靜地傾聽著自己心靈的聲音——真的是為愛情而背叛師門的嗎？是的，對此問心無愧。回答這個問題時，梅超風沒有絲毫的猶豫。真的是為不辱師門才盜走《九陰真經》的嗎？對這個問題，經歷了人生「三大悲事」之後的梅超風也坦然面對：那是自己的欲望在作祟，因欲望而產生了貪念，人性中的惡壓倒了善。真的不是為了反抗什麼而逃離桃花島的嗎？想到這個問題，梅超風感到陣陣的寒慄。這是她一直不敢思考的問題。「一日為師終身為父」，反抗師父甚至背叛師父那就是大逆不道，就是弒父，在當時的江湖這意味著什麼？初始出逃的梅超風的確不敢深究。可眼下的她是真切地聽到了那個聲音——自己是因為反抗師父的專制而叛逆。問題一旦昭然，心裡反而輕鬆了下來。梅超風甚至覺得她想重歸師門的真正目的是想借助師父的力量替夫報仇，既然不能選擇反抗那就選擇利用。經歷了風風雨雨的梅超風也明白了憑藉自己的能力去與整個江湖為敵好難。

梅超風是一定要死的，而且還是為救師父而死。這樣江湖人才會相信她是為《九陰真經》而出逃的，與其叛逆無關。江湖的規矩沒有受到威脅，江湖的威嚴依然存在。

死後的梅超風可會有一點點的遺憾和一點點的夢想？夢想自己也能像孔子與曾子師徒那樣同堂擊節而歌，樂哉優哉。師父的威儀尊嚴敬仰尤甚。

郭靖

郭靖

郭嘯天、李萍夫婦之子，天性敦厚。從小在蒙古大漠長大，被封為「金刀駙馬」。授業恩師為「江南七怪」，進入中原後拜北丐洪七公為師，學成「降龍十八掌」。在桃花島與老頑童周伯通義結金蘭，學成「雙手互搏」，並被騙熟記「九陰真經」。在華山論劍之時，武功已與東邪、南帝、北丐、中神通齊名。

郭靖

世界上總有些人是沒有夢的。與有夢的人相比，他們通常是機械、木訥而愚笨地讓人感到乏味、無趣和懊惱。看上去，郭靖應歸屬於無夢的人之列了。可是無夢的人又往往比有夢的人更容易接近幸福，能更真實地體會幸福的本質。郭靖似乎位屬此列。

看著郭靖這樣一個笨人居然能獲得大幸福，江湖中人實在無法解釋清楚。於是有人猜測，如同他常有的好運氣一樣，郭靖得到了一本關於幸福的秘笈。其實郭靖對於自己的幸福是怎麼獲得的也是懵懂得很，他只是按他所想的去做，簡單而質樸。後人為郭靖的幸福加了一個注腳：隨遇而安，懂得滿足，才會懂得幸福。

的確，細細一想，郭靖的幸福的確是知足常樂般的幸福。只是江湖中人不明其中道理，把郭靖的幸福歸於「傻人有傻福」。所謂「傻人傻福」指一些天生愚笨之人不需要經過努力就可以成功或得到別人想得而未得的。羨慕傻人者把這種獲得幸福的方法稱為「守株待兔法」或「撞大運法」。就這點而言，郭靖無疑是江湖中人人羨慕的對象。因為江湖中人每見郭靖一次不是武功又長進了就是又有什麼意外之獲了。對於郭靖這麼一個幾乎江湖中人人皆以為笨的傢伙來說，除了用「傻人傻福」來解釋，尚有何解？所以那些羨慕者嫉妒者除自歎息運氣不好外，更多的是替自己憤憤不平：哼！憑我的資質會不如一個笨笨的郭大傻？只是他小子運氣好而已。天不假人，奈何？

至於笨，郭靖自己也是從小就知道的。從母親失望的眼神到小夥伴的嘲笑，剛懂事的郭靖就被一個「笨」所包圍，於是他覺得自己的笨是不可以改變的了。但郭靖聽懂了媽媽說的「勤能補拙」。聰明人學一招只需一個時辰，郭靖就用十個時辰去練習。挽弓習劍、騎馬摔跤甚或打架，郭靖都要付出更多的努力。郭靖也悟出了一個道理：笨只與智力有關，與做事的認真度和勤奮度無關。

一晃十幾載過去了，一直笨著的郭靖卻也惹得眾多人愛憐。轉眼到了與煙雨樓約會的日子。

從塞外大漠來到中原江南，江南水鄉的靈秀並沒有讓笨郭靖變得聰明一點，倒是江湖人認為的「傻人傻福」的觀點得到了更充足的論證。短短的時間，郭靖不僅學會了北丐的「降龍十八掌」，學成了周伯通的「雙手互搏」，還學到了多少人渴求的「九陰真經」。更讓江湖人發懵的是，那麼一個精靈古怪的黃蓉竟然會看上郭靖。偏就是黃蓉能透過現象看到本質，從郭靖對她傾囊相助的那一刻起，黃蓉就發現了郭靖身上包括笨在內的所有珍貴品德：真誠、善良、沒有心計。於是黃蓉堅信每個人都能有所作為的道理。靖哥哥除了笨一點外，他在江湖中也是一樣可以有所作為的，所以黃蓉費盡心思讓洪七公教郭靖武功。其實讀懂郭靖的也不只黃蓉一個。洪七公以他闖蕩江湖的閱歷，看出了郭靖是一塊璞玉，而多事的江湖需要郭靖這樣的人來主持公道。所以洪七公才會把自己的生平絕學「降龍十八掌」一招一式地傳與郭靖，才會破了自己不收徒的規矩收郭靖為弟子。

郭靖果然是有所作為了，成了威震江湖的大俠。以至於成了後來家長們教育自己孩子的典範教材。

至於「傻人傻福」，江湖中人依然津津樂道。相信總有一天郭靖那樣的好運就會降臨在自己的頭上。

可是他們都忘了一句話：「不行春風，何來春雨？」

楊肅

楊康

楊鐵心、包惜弱之子。從小在金王府長大，自認為是完顏洪烈之子。全真教丘處機之俗家弟子，後拜梅超風為師，武功一般，但為人奸詐。設計殺害郭靖六位恩師，後誤中黃蓉背上軟蝟甲之歐陽鋒蛇毒不治身亡。

楊康

與無夢的郭靖相比，楊康可算一個有夢的人了。只是楊康的夢實在太多，而且楊康看著它們如陽光下的肥皂泡一樣幻滅也不願捨卻一個，因為楊康說它們真的太美了，美的東西絕不可以放棄，哪怕它虛幻，哪怕它原本就不屬於自己。

楊康，也許我們更應該叫他完顏康。一路順順利利，恩寵中初長成的完顏康有著太多的美夢也是順理成章理所當然的。金國小王爺嘛，父母寵著，下人順著，左右人捧著。要風有風要雨有雨，只怕是要天上的星星也能得到幾顆。楊康懂事起記住的第一句話是：「你要什麼我們都有，小王爺！」所以完顏康要大宋的江山、穆念慈的愛情、歐陽鋒的武功——因為完顏康認為它們分別代表著自己人生的最高理想、生活必需品和一個男人立足江湖的事業基礎。

從金國來到大宋後，完顏康就立誓一定要讓自己的夢想實現。至於謀取它們的手段和追求夢想的方法大可不必去計較。

完顏康開始去尋夢了。一場比武招親讓完顏康發現十八年來自己就生活在一場夢中。南柯一夢後，不姓完顏了卻姓了楊，叫了十八年的父皇也不是自己的親爹，小王爺不過是出生貧賤的南宋牛家村的村童。而且自己的「康」字名還頗有出處，來自岳王爺的「靖康之恥」。可此番來到中原就是覬覦大宋江山和竊取岳王爺的《武穆遺書》。老天爺開的玩笑實在太大了。深愛著楊康的母親用死告訴他發生的一切都不是玩笑，做了十八年的夢該醒了。

從完顏康到楊康，看上去僅僅是一個姓氏的改變，但對楊康來說要抹去的可是十八年的成長歷程。如果姓楊了，就涉及到語言、生活環境、思維方式的改變，涉及到對完顏洪烈由愛到恨的轉變，還意味著將失去姓完顏時擁有的一切——身分、地位、權利、金錢……

十八歲的楊康迷失了方向。十八歲的少年也是血性男兒。母親的鮮血讓楊康自己回到布衣。脫下錦衣玉帛後的楊康沒有了往日的前呼後擁，孤獨地行走在大宋的街上。卻原來真的是人靠衣裳馬靠鞍，平民裝扮的楊康受到了幾個來自金國小兵的羞辱。那可是作為小王爺時的完顏康永遠不可能體會得到的滋味，滿腔悲憤和著幾絲淒涼、迷茫，十八歲的楊康惶恐了。

物質的欲望、佔有的欲望據說是與生俱來的，何況楊康曾經擁有過、感受過凌駕於別人之上的對旁人呼來喚去的快感、成就感、滿足感。所以楊康覺得姓「楊」絕對是一場噩夢，在過去小王爺的字典裡可沒有「噩夢」兩個字。因此還是要姓回完顏去，在那裡才可以找到符合他對夢的解釋。

楊康回去了。彷彿頓悟了一般，楊康覺得姓氏無外乎一個代號，姓什麼並不重要，重要的是在不同的環境要用不同的姓。比如對丘處機和穆念慈，他就得姓「楊」，此時姓楊代表的是對南宋的忠和對父母的孝以及對穆念慈愛情的真誠。比如對完顏洪烈和手下的嘍囉，他就得姓「完顏」，此時姓完顏代表著對「父皇」十八年養育之恩的報答。「羊有跪乳之恩，鴉有反哺之義」，況人乎？講的是一個義字情字。對下人左右，完顏代表著權利、威望，那些人不過是他手中的一個玩偶，一枚棋子。為了白駝山的武功，他覺得自己也可以姓「歐陽」的，如果成了歐陽康，那江湖中人自然也會對他的小蛤蟆功忌憚三分，從而成就另一份霸業。

楊康相信沒有破壞就沒有重生的契機。從完顏康到楊康再到完顏康，他經歷了一次洗禮，思想得到了昇華，他覺得自己懂得了「珍惜」所蘊藏的內涵。

想得太多夢得太多的楊康最後把自己逼上了絕路。機關算盡了卻沒有算計到黃蓉身上的軟蝟甲是他的最後棲身處，他留在世上最後的一句話可能是「只怪失了手」。也許沒有人能明白這話的意思。近來翻書，看到這樣一段解釋：「只怪失手」是一句洞悟了人生的話。許多難以挽回的悲劇，無法苛求任何人，只能怪自己失了手。因為命運都掌握在自己手中。

不知道用「一失足成千古恨」這句話來詮釋楊康對不對。只是妄自猜測，如果楊康就在十八歲夢醒那年夢回，至少他可以很真實地得到穆念慈的愛情，即便不能成就驚天偉業，也是可以享受一些小快樂的。

黄藥師

黃藥師

東邪。「落英掌」與「蘭花拂穴手」為招牌功夫，上知天文下曉地理，精於陰陽五行八卦術，為人清高、怪僻。

黃藥師

江湖就是一個大舞臺，生旦淨末丑皆有。每個人帶著不同的面具在江湖間行走，扮演著喜歡不喜歡願意不願意的角色。江湖人說這雖然世俗卻很真實，並且因為這種俗氣的美而樂此不疲地換著不同的面具上演著不同的人生。

已遠離江湖很久了的黃藥師也聽聞了現今江湖的這一規矩，戴著一張人皮面具從超然世外的桃花島來到塵世中的江湖。來後黃藥師發現聰明的自己犯了一個錯誤，一個因想像而犯的錯誤——以為江湖人真的會在臉上戴著一個面具。原來錯了，面具不是戴在臉上而是在心裡。不過黃藥師因此反到快意起來，因為自己臉上的一張真正的人皮面具顯得與眾不同，這才配得上江湖人送他的名諱——黃老邪。況且這樣一張面具能替他抵擋住江湖中的幾分惡俗，回桃花島時把它拋進海裡，讓高潔的桃花島不曾感染一點世俗的氣息。

怎麼看黃藥師都像一位儒者，那種只與人弈棋撫琴論詩的儒雅長者，與暴力血腥毫不沾邊。可是江湖人都說他是要殺人的，不但會殺而且還殺人如麻，更邪地是還從不為殺人找一個理由。不管殺對殺錯，只要他認為該殺當殺就一定殺，因此黃藥師才得了「老邪」這樣一個尊號。只是他與別的頂尖高手不同，把陰柔與暴力完美地結合在一起，他的「落英掌」與「蘭花拂穴手」一招一式優美無比卻也厲害無比。不過耳聽為虛，眼見才為實。我所見的黃藥師從頭到尾也沒殺幾個人，只是其狀兇狠，真的假的不爭不辯不解釋，隨人猜測，怪異得很。黃藥師一定是不喜歡多說話的人，在桃花島，所有的僕人都是啞巴，他選擇的生活方式是沉默。吉辛說：「人世一天天愈來愈吵鬧，我不願在增長著的喧囂中加上一份，單憑了我的沉默，我也向一切人奉獻了一種好處。」黃藥師看到，江湖中的喧囂已經太多太雜，多言無益亦無用，不如過一種沉默的生活，一種智者的生活，因為「智者拙於言談」。因此黃藥師認為在當時的江湖自己是超凡脫俗的智者。

江湖中有不少人暗自嘲笑黃藥師，說他把自己譽為超凡脫俗的智者太搞笑。如果他真能完全地放下和看淡，在梅超風偷了《九陰真經》逃跑後，他就不會一怒之下挑斷了所有徒弟的腳筋並把他們趕出桃花島，就不會因後悔而煞費苦心地專門為徒弟們創一套拳法了，要真正做到「不以物喜不以物悲」的超然境界是很難的。如果黃藥師真的很脫俗的話，他就不會計較郭靖的身分爽快地答應婚事，後來之所以同意來個比武，也是因為知道了郭靖是洪七公的弟子，這樣也算門當戶對，面子上也過得去了。私下暗自想，黃藥師之所以想把女兒嫁給歐陽克有兩個原因：一是覺得東邪與西毒聯姻才是一樁好姻緣，這不免落入了世俗但也不足以指責什麼；二也是想為女兒找個有家世的好人家託付終身，做父親的如此為女兒著想也無可厚非。做人與其讓人覺得高不可攀還不如讓人伸手可觸，世俗著也真實著。

「一個男人真正需要的只是自然和女人。其餘一切，諸如功名之類，都是奢侈品」，一位叫周國平的哲學家如是說。按此，黃藥師找到了作為男人所需要的全部。妻子馮蘅冰雪聰穎，貌如天仙。桃花島遠可觀海賞山，近可聽濤摘花，愜意得很，自在得很，自然得很。所以黃藥師做了一艘花船，要攜愛妻的玉棺同去大海尋魂。能與心愛之女人同歸於自然之中忘情於山水之間，塵世中的功名利祿哪堪計較。

黃藥師在感受桃花島的清寂，體會江湖的喧囂中我行我素地生活著。

歐陽鋒

歐陽鋒

西毒。「蛤蟆功」和用毒為其成名絕學。為人陰毒，後練郭靖、黃蓉錯寫錯譯的《九陰真經》後全身經脈倒逆，但武功之高也無人能敵。

歐陽鋒

翻《辭海》看到兩個與蛇有關的成語：「蛇蠍心腸」、「蛇欲吞象」。前者形容人心腸狠毒，後者比喻人貪欲極大，這好像也符合國人對蛇的一貫評判標準。觀其形，蛇身體圓而細長，沒有腳，逶迤而行卻不帶聲音，悄悄來悄悄去，冷不防咬上你一口，倘遇劇毒蛇襲擊，傷者幾乎都會死於無形。撫其身，麻酥酥、涼悠悠，冰冷襲骨。不好看的外形加上不太好聽的名聲，常人是多不敢與之親近的。不過正因其多數人對它的懼怕，蛇也就成了少數人用來防身甚至殺人的武器。白駝山少主子行走處都會有群蛇相伴，隨身攜帶一條小蛇揮之來殺人招之去唬人，一來一去讓江湖中人大大驚恐了一把。一個初出茅廬的小毒物已經讓江湖不安了，那白駝山的寨主該是何其駭人？

歐陽鋒，長居西域之外的白駝山，排名當時江湖五大高手之二，因善於用毒人送尊號「西毒」。歐陽鋒是極喜歡蛇的，在他看來蛇代表著威嚴、距離，自己因蛇護身而顯得神聖而不可侵犯。江湖人說歐陽鋒隨身的蛇頭手杖是他個性的寫照——毒、狠、貪，對此歐陽鋒從不避諱。他說長期與各種身藏劇毒的蛇打交道的人，不狠、不毒何以制服對手。所以來到中原後，歐陽鋒也覺得是在與各種各樣的蛇打交道，我不傷人人必傷我，必須將危險的對手一個個置於死地才能確保自身的安全。

在歐陽鋒的眼裡，危險的對手包括與他齊名的東邪、南帝、北丐還有一個老頑童。此番來中原除了為侄兒求親外，也想試探這四個對手。在下一次華山論劍之前搞定這四人，「天下第一高手」名號就非他莫屬了。在桃花島的海上，人們再一次看見了「農夫與蛇」的故事，這是歐陽鋒欲奪天下第一的前奏曲。洪七公身中蛇王劇毒，再加上「蛤蟆功」的威力，功力已經全失，歐陽鋒已經除去了心頭一患。然後再讓郭靖譯出《九陰真經》。當時的江湖誰還能與之爭鋒？已經如此了，歐陽先生還覺不夠。

論武功，歐陽鋒已登峰造極，能與之匹敵者不過一二。可是不知是他太看重「天下第一」這個名號還是性格中的完美主義在作怪，歐陽鋒就是想把什麼事都做到極致。若論做事的認真，歐陽鋒完全是一個楷模。為了一部《九陰真經》，他是不恥下問，不擇手段，一定要學到學成。不過老子曾云：「持而盈之，不如其已；揣而銳之，不可長保。」如果不學會適時的停止，其鋒芒、銳勢是難以保持長久的。果然應了先人說的「富貴而驕，自譴其咎」，歐陽鋒因自己的驕橫給自己埋下了禍根——一代武林宗師被黃蓉給弄成了瘋子。事情完全本末倒置了，就如同歐陽鋒修練了被郭靖和黃蓉篡改的《九陰真經》後，全身經脈倒逆一樣，歐陽鋒因為太看重太在乎結果，而讓引導他前行的「目的」變成了一種負擔，人生向前邁進的「目的」被歐陽鋒做成了沙袋捆在身上，每前進一步身心都負其累矣。雖然歐陽鋒在華山論劍之時武功已無人能敵，可是他已然瘋了，惶恐地到處驚問：「我是誰？」，還要與「天下第一」的自己去爭個高低，僅以成敗論英雄使已成為英雄的歐陽鋒已經感受不了通過自己艱苦努力獲得成功的快樂了。

歐陽鋒瘋後，有人曾提出過這樣的假設：如果他能「知其雄，守其雌」，憑他的武功，華山論劍時，依然可以成為天下第一，不論其武功還是品性。很快假設之人就覺得自己太可笑，如果歐陽鋒能明白這些個道理，那歐陽鋒就不是歐陽鋒了。人們眼中心中的歐陽鋒就是一個讓天下毒蛇都可以聽命的歐陽鋒，有著「蛇蠍心腸」的歐陽鋒。在《武林志》中這樣記載歐陽鋒：「一個坦蕩蕩的壞人，一個講著江湖

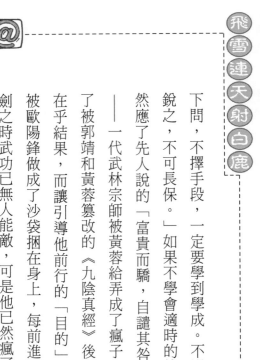

規矩又不斷違規的武林狂人。」

所以歐陽鋒是不能死去的。讓這樣一個心懷四海之志的人因一時的迷失心竅死去，太可惜。瘋了之後的歐陽鋒反倒明白了「功成身退」乃「天之道也」的道理。他用餘下的時光告訴江湖人：世上沒有人可以打敗自己，除非自己打敗自己。

誰說人瘋了就糊塗了？不瘋者何知瘋人之心智也。

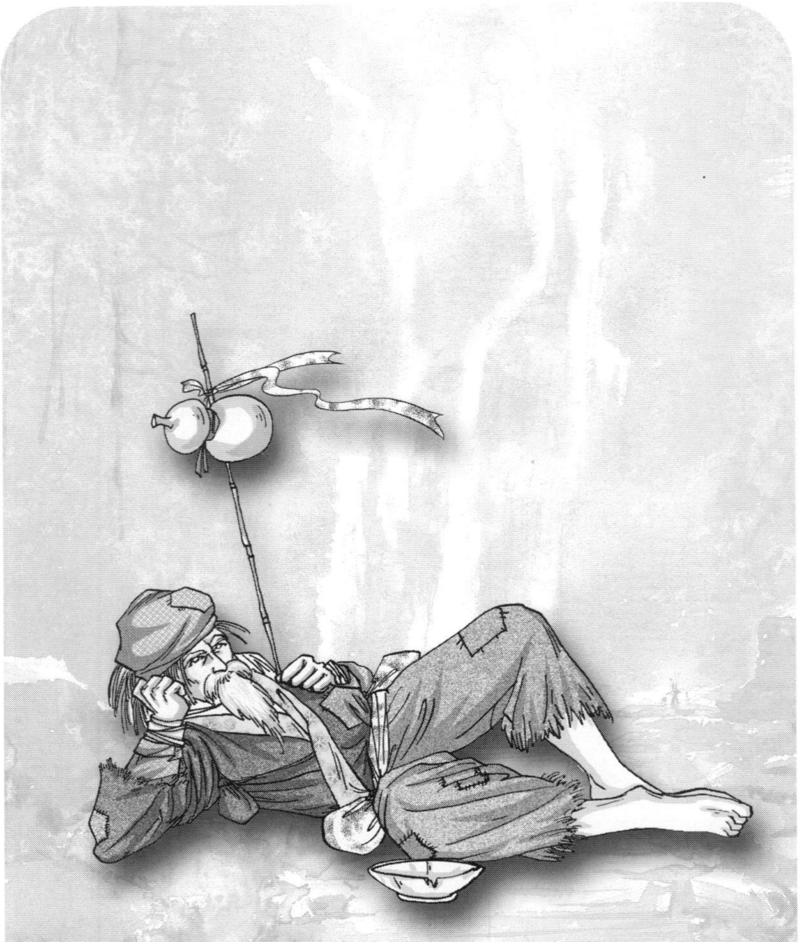

洪七公

北丐。因「降龍十八掌」及「逍遙掌」成名江湖，喜酒好佳餚。為人正直，心胸開闊。後中歐陽鋒之毒，武功盡失，幸得《九陰真經》得以恢復功力。

洪七公

人們常說字如其人。似乎是說通過一個人的字可以看出一個人的性格、品行、為人。那麼武功呢，武功是不是也可以反映出一個人的心靈？

江湖前輩皆曰：「武功招數的確可以觀其人，至少一個人喜歡習什麼功代表了這個人的好惡以及他的世界觀、人生觀。」

洪七公以「降龍十八掌」在江湖上威名遠播。「降龍十八掌」聽上去感覺就是擲地有聲、鏗鏘有力，「亢龍有悔」、「神龍擺尾」、「龍戰於野」，僅這些掌名就讓人怦然心動，彷彿看見了一個頂天立地敢作敢為、女人可以託付終身的偉岸男兒形象。

想像與現實的出入往往讓人大跌眼鏡，眼酸心痛。夢中的偉丈夫卻原來是一個饕餮之徒，為了吃可以不顧性命之憂夜闖皇宮；為了吃可以把自己的生平絕學隨意授人；為了吃曾斬去自己的小手指引以為戒，結果還是吃字當頭，毫不悔改！這麼樣一個人怎麼可以使「降龍十八掌」這樣俊朗的武功？江湖前輩說的什麼功如其人全是瞎說。

其實錯不在洪七公，而在自己。因為我們的自以為是想當然地以為「降龍十八掌」應該由什麼人來用，如果想像與現實相符了，便遂了心願；如果想像與現實相去甚遠，便覺得全世界都在欺騙自己，於是乎怨天尤人。我們錯用了自己的智慧。所以我們不只要相信所聽到的，更應該相信自己的眼睛，但是又不能讓我們的雙眼產生偏執，所以我們必須讓心時時保持清醒。

一番洗清秋，洪七公變得親近可愛起來了，感覺到他的為人也如同他的「降龍十八掌」一樣光明磊落。洪七公說他行走江湖數十載，一共只殺過二百三十一人，作為統率天下丐幫群雄的幫主，居然可以記住自己殺過多少人，可見其對生命的尊重。能做到這點的男人該用什麼來形容：堅強、果敢、寬容還是豁達？「豁達」被列入了「優秀男人字典」，在這裡面，對豁達的解釋是：豁達意味著一個男人的風度、胸懷、氣質，意味著親和力、感召力和凝聚力。豁達叫人彼此認同和理解；豁達會使人的安全感油然產生。從這一系列的釋義中，用「豁達」來評價洪七公似乎是最為恰當的了。為救歐陽鋒反被其害；無論淨衣派汙衣派丐幫都凝聚在了洪七公的麾下；選擇接班人上洪七公更是有著不同凡響的手筆。誰會想到他替丐幫物色的新幫主會是一個小丫頭，按理說郭靖更應該是合適的人選，雖然笨點但畢竟是男人，可洪七公就是放放心心地把天下第一幫交到了黃蓉手裡，如果沒有如谷的胸懷和非凡的氣魄，誰敢冒這天下之大不韙？就是從洪七公這裡開始，丐幫在選擇幫主上遵循了「不拘一格降人才」的規律，不然一個外臣耶律齊何以能當上丐幫幫主？不然丐幫何以能讓江湖中人唯馬首是瞻？

死裡逃生的七公更懂得了做人的道理。「光陰者，百代之過客，而浮生若夢，為觀幾何？」從荒島回到京城，已卸下幫主重擔的七公更是撿起了自己好吃的愛好，非要在有生之年再品皇宮裡的「鴛鴦五珍燴」，能把己之業餘愛好做到如此盡善盡美，也算江湖中一奇才。

現在相信了「玩物」不能與「喪志」劃等號，凡事分個輕重緩急，掌握好分寸，那就可像洪七公一樣，既會「降龍十八掌」這麼漂亮的武功，又能享口樂之福，功業娛樂兩不誤，豈不妙哉。

周伯通

周伯通

全真教王重陽的師弟，天性率真，人稱「老頑童」。為討《九陰真經》被困桃花島十餘年，自創「雙手互搏」，武功深不可測。

周伯通

「遊戲人生」這四個字從詞的色彩上來看，應當歸入貶義詞類。其定義大約包括對待人生玩世不恭、今朝有酒今朝醉、人生不過一場遊戲等等。選擇「遊戲人生」的人代表著他們的生活態度都是灰色的、沒有進取心的。

周伯通卻給「遊戲人生」下了完全不同的定義。在周伯通的字典裡「遊戲人生」即是：把生活中的事看成好玩的遊戲，把苦的變甜，把枯燥的變得有趣，讓寂靜愁苦的生活充滿歡歌笑語。換言之，「遊戲人生」就是「快樂」的代名詞。

難道又是老頑童在瞎胡鬧？「快樂」怎麼會來得如此容易如此簡單，與人生中的憂愁、煩惱、苦痛相比，「快樂」可是一件奢侈品。霧裡看花，水中望月，美是美了，卻是遙不可及。

然而在老頑童周伯通的世界裡，天下所有事情只歸為兩大類：「好玩」與「不好玩」。好玩的，老頑童會讓它更好玩，大海之中騎著鯊魚亂竄不說，還一定要和歐陽鋒打賭，這樣才夠刺激；不好玩的，就讓它變得好玩起來。為索取《九陰真經》，被黃老邪困在桃花島十幾載，那豈不是要被寂寞給逼死？老頑童卻有著化腐朽為神奇的能力，不允許出山洞，那就不出去好了，自己對著自己的影子也可以說話，自己的左手和右手照樣可以打架，於是創出了一門獨家專利功夫——「雙手互搏」。周伯通就這樣把寂寞的山洞搞得熱火朝天，真正地把孤獨變成了一種獨自享受的快樂。江湖中人還有誰能比周伯通更超脫？因為好玩才與瑛姑有肌膚之親，也因為不好玩才把這樣一段戀情拋棄，讓寂寞的皇妃跌入愛的谷底。花甲之年的周伯通就像一個蒙昧的孩童，率意而為，不計後果，不計得失，不計榮辱。

曾經有一位母親失去了兒子，於是她懇請釋迦牟尼能讓他的兒子復活。釋迦牟尼對這位母親說，如果你能在城裡找到一家沒有掛過白布的，我就讓你的兒子復活，母親去了，可是失望而歸。於是母親明白了天下人都會有自己的傷心事，只是每個人都不曾用心去關注罷了。快樂又何嘗不是呢？更何況在人們固有的思維中，快樂是可望而不可及的。可是等有空有心情讓忙碌的心停下回頭一看，卻原來不經意間就與快樂擦肩而過了。「你翻越千山萬水，只為尋求快樂，然而它卻在每個人的身上」。現在不少江湖中人也明白了這樣的道理，很少有人嘲笑周伯通雖擁有蓋世武功卻胸無大志的想法了。有時候周伯通還能碰上幾個向他請教關於快樂問題的後生，只是周伯通會覺得那是一個極不好玩的事，說不上兩句就顛著跑開了。於是人們試著通過周伯通的行為去探尋獲得快樂的秘訣。倒是一位名叫亞當·傑克森的外國人給了答案：「快樂的第一個秘訣——態度的力量。」快樂是一種選擇，可以在任何時間、任何地方和任何狀況下做這種選擇。原來周伯通早就明白了這樣的道理，只是他用「好玩」來表述。桃花島上十五年，周伯通就控制了自己的思想，選擇了快樂。「快樂的第二個秘訣——當下的力量。」快樂不會是短期行為，它是從活在當下裡面找到的。當下的快樂，可以克服焦慮，減少壓力。「快樂的第三個秘訣——自我想像的力量。」每個人都是特別而獨一無二的。每個人都會有自己擅長的方面，周伯通因想像的力量創出了一門武功。快樂的第四第五第六……第N個秘訣，江湖中人因不斷尋找到的新快樂而快樂著。

永遠快樂著的周伯通被人羡慕著，可是事情總是有對立面的，老頑童在玩累了的時候也會很不開心。與瑛姑的那段往事如一道魔咒，給周伯通的快樂中加入不和諧的音符。周伯通經常悄悄地罵自己：懦夫。他怕見瑛姑的真正原因是害怕，怕那樣一張曾經姣好的面容因為自己的「不好玩」而變得滄桑憔悴。「十年生死兩茫茫，不思量，自難忘」，周伯通因為自己的快樂名氣羞於向外人道出他的不快樂。幸而瑛姑發現了快樂的另一個秘訣——寬恕的力量。她用寬恕這把鑰匙開啟了周伯通唯一不快樂的心結。

從此，周伯通快樂地生活著，沒有被詛咒變成青蛙或蛇或別的什麼。因為江湖需要這樣的人來傳遞快樂，連嫉妒也會給快樂讓路。

白馬嘯西風

白馬嘯西風

《白馬嘯西風》是金庸作品中兩個短篇之一，是專為電影創作的故事。

初次發表和修改之後，有極大的差異，是金庸修改得最多的一部作品。「白首相知猶按劍，朱門早達笑彈冠」，這一聯是《白馬嘯西風》的主題。金庸原意可能想通過華輝、李文秀的遭遇，寫出世情的險惡，但可能由於受篇幅制約，其主題根本未得到發揮。小說並不側重武功的描寫，似乎在表達一種意念：人人追求的東西，往往並不一定珍貴；而把握住自己所有的幸福，才是人世間難得的境界。

李文秀

白馬李三和金銀小劍三娘子的女兒。父母被「呂梁三傑」害死後，自己流落大漠，被計老人收養，後來跟隨「一指震江南」華輝學武。

李文秀

孤獨是李文秀的宿命。七八歲時就失去了父母，後來的十年中，可以交流的人只有師父和撫養自己長大的計老人。一場尋寶的風波卻使得唯一可以交流的兩人也雙雙離去，自己又恢復孤身一人，不知飄向何方。

李文秀的內心是極為孤寂的，小時候跟父母一起被「呂梁三傑」追殺，父母為了保全她的性命雙雙被仇家殺死。一個七八歲的小女孩騎在那匹白馬上，驚恐地、悽慘地、漫無目的地任馬奔馳，那時候也許她已預感到自己將來的命運會是一個人在人生的旅途上茫然地奔馳。

天無絕人之路，李文秀被隱居荒漠的計老人救了，她哪裡會想到，自己將來竟會與此人產生一段奇異的姻緣。她和計老人像祖孫一樣和睦相處，慢慢地長大了。但是在這成長的過程中，讓她銘刻在心的人不是計老人，而是那個異族少年蘇普。

蘇普是李文秀生命中的第一個朋友，在此之前她沒有任何稱得上朋友的人，所以她特別珍惜這份友情。為了這分友情，她雖然失去了母親留給她的手鐲，但是她卻度過了一段如歌的歲月。這段日子也許是她一生當中最快樂最值得記憶的日子。她的臉上有了更多的笑靨，嘴裡有了更多的歌聲，這段真摯的友誼滋潤著她的心田，讓她感受到了人生的快樂。

隨著蘇普將她從狼爪下救出，他們的友誼也結束了，蘇普那個仇視漢人的爹再也不允許他們來往。李文秀心中剛剛萌芽的愛情也受到了重創。可是她成長的經歷注定了她逆來順受的性格，總是為別人考慮得多，為自己考慮得少。如果她不是一味地自卑退讓，也許她的人生便是另外一種樣子了。總之，李文秀絕不是那種看到幸福露出一個線頭，就要將它拽出來織成一件毛衣的人，她是即便是看到整個線頭，如果別人不願意給她，她也一定不會爭取，而會馬上放棄的那種人。她以不爭的姿態來保護自己不受到更多的傷害，除此之外，一個寄養在別人家的孤兒還有什麼別的辦法呢？自卑與退讓成就了她一生的痛苦，讓她孤寂的人生更添淒涼。

命運之神將李文秀引向了荒漠深處，遇到了躲藏在那裡的哈薩克人瓦爾拉齊，即「一指震江南」華輝。跟他學了一身好武功，最後終於為父母報了仇。可是這並未使她快樂，尤其是她遇見童年的朋友蘇普與他心愛的姑娘阿曼之後。蘇普對阿曼的愛讓她又一次感受到自己的人生是多麼的苦澀，可她還是忍住了。看到蘇普為保護她的「遺物」要與強盜搏鬥，她甚至以為蘇普還思念著她。試探之下，才知道蘇普確實思念著她，像思念童年的一個朋友一樣思念著她，而不是像思念愛人一樣思念著她。她還是忍住了，而且在關鍵時刻還出手相助，救了蘇普、阿曼及他們的父親。她那顆孤寂的心從來就是善良無比的。

從李文秀出生到長大成人，她就在一個幾乎沒有人交流的世界裡長大。即便是住在計老人家，他們之間也沒有多少交流，住了十幾年，彼此也不了解對方的內心世界。她生命裡無聲的事物遠遠多過了有聲的事物，但是她人性中美好的一面並未泯滅，也許那個無聲的世界，大自然中天地間的精華靈氣，更能孕育人的精神，鑄造人們善良的靈魂。

蘇普

哈薩克人蘇魯克的兒子，李文秀童年的朋友。由於父親是哈薩克的第一勇士，刀法和拳法在草原上所向無敵，蘇普從小在父親的教導下也繼承了這些特點。

蘇　普

蘇普是一個哈薩克人，他與李文秀相遇時還是一個十歲左右的孩子，善良純真，勇敢真誠，沒有民族之間的間隙和仇恨。他是個雖然不願意吃虧，可是也不願意佔便宜的孩子。他和李文秀是童年時親密的夥伴，最後卻連友誼也無法繼續，這是因為兩個民族的文化背景、因為他爹爹對漢人的偏見造成的，可是直到最後他也沒有意識到這一點。他是典型的哈薩克的勇士，勇猛、直率、粗獷，沒有漢人李文秀那樣細緻、縝密的心思。

蘇普的性格是直來直去，不會拐彎的那種，有點憨乎乎的感覺。他以為李文秀捨得用母親的鐲子來換取天鈴鳥，就認定她非常喜歡這鳥兒。所以收到李文秀做的荷包之後，天性正直不願意佔別人便宜的哈薩克小孩蘇普又去捉兩隻鳥兒來給李文秀。有趣的是他沒有認識到自己憨乎乎的特點，反而覺得憨乎乎的人是李文秀，否則怎麼會將用自己手上最珍貴的鐲子換來的天鈴鳥放掉呢。蘇普從小就表現出簡單直率的性格，遇到事情只看表面現象，絕不去動那彎彎拐拐的腦筋。

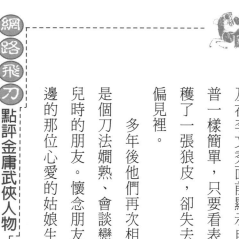

哈薩克人的每一個青年都很寶貴自己的第一次獵物，他們的習俗是青年們都會將自己的第一次獵物送給自己心愛的姑娘。但是蘇普此時不是青年，他還是個孩子。他將自己第一次的獵物送給了李文秀，其實也並不表示他就已愛上李文秀了。像蘇普這樣單純的乖孩子一般是不會發生早戀的現象，更何況男孩子比女孩子成熟得晚，在這樣的事情上總是會慢半拍。也許他想得更多的是自己對李文秀的諾言以及在李文秀面前顯示自己的勇敢，力氣大是哈薩克人最引以自豪的事情。父親跟蘇普一樣簡單，只要看表面現象就足以判定一件事情的是非了。蘇普第一次打獵，收穫了一張狼皮，卻失去了一個朋友。蘇普與李文秀的友誼就這樣葬送在父親粗暴的偏見裡。

多年後他們再次相遇，蘇普憨乎乎的性格一點也沒有改變，儘管那時候他已經是個刀法嫺熟、會談戀愛的小夥子了。在計老人家避風雪的那個晚上，他懷念起了兒時的朋友。懷念朋友時，他的眼神是專注的，感情是純潔的，純潔得讓坐在他身邊的那位心愛的姑娘生不出一丁點兒的醋意。整個晚上發生了許多變故，憨乎乎的蘇普以為李文秀真的死了，卻不知她就站在自己的面前。連阿曼都看出眼前的李文秀是女扮男裝，可蘇普卻還以為她真的是個勇敢的哈薩克勇士。在洞察力方面，男人總是沒有女人敏銳。蘇普小時候與李文秀在一起曾經互相講故事聽，說了許多純真的話語，可是沒有哪一句抵得上他們再次相遇時的一段對話。蘇普小時候聽李文秀講過梁祝的故事，當李文秀問他如果見到昔日朋友的墓地時是否也願意進去變成蝴蝶陪她，他老老實實卻又真實無比地告訴李文秀：「那是故事中說的，不會真的是這樣。那個小姑娘只是我小時候的好朋友，這一生一世，我是要陪阿曼的。」他用憨厚直率的性格毫不留情地將李文秀的心攪得粉碎。

馬家駿

「一指震江南」華輝的徒弟，因與師父發生過節而刺傷師父。後來為躲避師父迫害，十幾年來隱居回疆，收養李文秀並將她撫養長大。最後為救李文秀被師父殺死。

馬家駿

馬家駿是華輝的徒弟，因為不肯按照華輝的指示辦事，拒絕投毒害死哈薩克人，所以和師父反目成仇。十幾年來，因為害怕師父沒死會來找他，因此一直躲在師父也不敢去的地方——回疆，原想就這樣苟且性命，了卻餘生。誰知李文秀出現了，他那黯淡的生活出現了一絲曙光，與其說他救了阿秀，不如說阿秀也救了他。

馬家駿也是個性格孤僻的人，與李文秀在性格方面有著異曲同工之妙，要不為什麼兩人在一起生活十幾年彼此也不了解對方的心。當初他違背師父意願，差點遭師父滅口，不得已他先下手為強，用毒針偷襲師父。然後偷偷地藏起來，足以看出他的謹慎與孤獨——他甚至連一個幫兇也沒有。在回疆生活那麼多年，他也沒有與當地人融為一體，這固然是因為哈薩克人對漢人的偏見，也與他自己孤僻的性格、獨特的經歷有很大關係。他具有太強烈的自我保護意識，為了活命，竟然十幾年將自己裝扮成一個老人，孤苦伶仃地生活在荒漠之中。倘若是稍微具有一點冒險精神的人，也許寧願選擇回到中原生活，痛痛快快地過上幾年，即使是被師父發現殺了，也比在回疆這種每天只能與天地對話的日子要強上百倍。

李文秀是上天送給馬家駿的禮物，也是冥冥之中上天為他與師父之間繫起的紐帶，否則他孑然一身在回疆生活，該是多麼的寂寞和了無生趣。他原本無意收養這個孩子，他恨不能世上的人都不要來打擾他才好。可她眼中瑩然的淚光打動了他，他留下了阿秀，像爺爺照顧孫女一樣仔細地照顧她。可他知道自己不是爺爺，連叔叔也不是很算得上。隨著阿秀一天天長大，他對阿秀的感情也變得複雜起來。中國人的含蓄美在馬家駿身上又一次得到完美的體現，儘管他對阿秀的感情已經起了變化，可他就是一副「打死我也不說」的樣子。也許他不知道怎樣去給阿秀解釋爺爺變叔叔或者哥哥的過程，想必他也不是一個善言辭的人，能將自己的心意說得清楚，所以乾脆不說。只要能朝朝共暮暮，關心她，照顧她，說不說又有什麼關係呢？

當他發現阿秀會武功時，他知道一切都完了，他生命中的剋星終於出現。他想離開回疆，可又丟不下阿秀，阿秀不願與他回去，是因為丟不下蘇普。他眼睜睜地看著自己一手撫養長大的女孩為了心愛的人要去冒生命危險。而他自己，也不由自主地為這份感情牽引，讓自己陷入了危險的境地。他知道，自己這一進去，就等於多年的心血白費了，自己是必死無疑。讓人扼腕歎息的是，直到現在，他也不說出自己心中的感情，只在那兒含含糊糊、委婉有致地告訴阿秀中原有多麼美。他明知道自己已經命在旦夕，卻還是掩飾不住對未來美好生活的憧憬，所以當他聽到阿秀答應他救出蘇普他們就回中原時，他的眼裡閃爍著喜悅的光芒。在即將離開這個世界之前，他心裡的願望已經得到了最大的滿足。為了救阿秀，他終於死在了師父的手下，可是阿秀到他臨終也沒有明白他的心意，這都是含蓄惹的禍。

鹿鼎記

鹿鼎記

一部顛覆金庸武俠風格的收山之作。韋小寶，一個不學無術的油滑小無賴，卻在上至皇室宮廷，下至草莽江湖之間遊刃有餘，最末還成就了天下男人們的終極夢想——美妻如雲，浮財如雲，並且功成名就之時還有大把的青春好時光，真乃神仙生活也。據說金庸當時創作此部小說時，是想以調侃的語言去表現中國「國民的悲劇」與「文化悲劇」，因此超出了武俠故事中江湖恩怨、武林奪寶的老套路。所謂「劍走偏鋒」——反英雄，反傳統，反束縛；宣人性，宣自我，宣獨立，宣快樂，亦正亦邪，難怪金庸自己及倪匡都推它為金庸武俠之首。

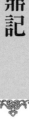

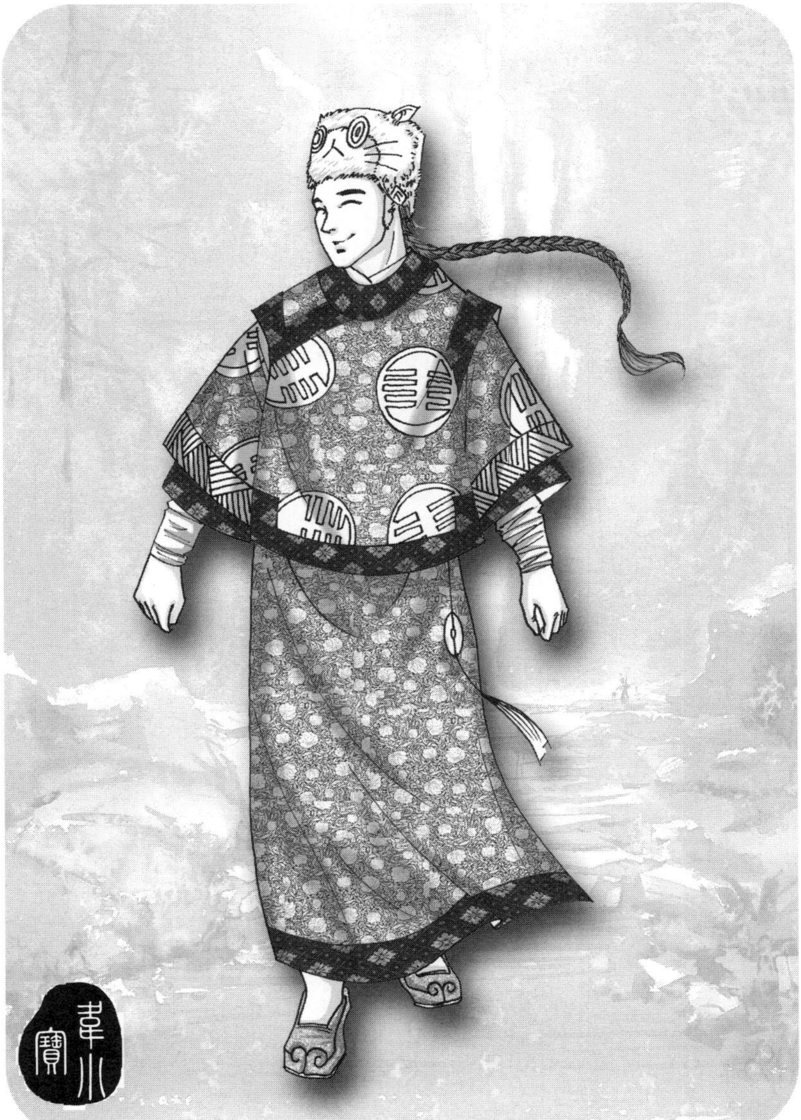
韋小寶

韋小寶

出身妓院，誤入皇宮之後平步青雲。歷任尚善司副總管太監、御前侍衛副總管、驍騎營正黃旗都統、天地會青木堂香主、神龍教白龍使等職。被康熙封為鹿鼎公。

韋小寶

從某個角度來說，韋小寶可以算得上一個曠世奇才。小小年紀便身兼數職，忙得不亦樂乎。好在他天生具有八面玲瓏、左右逢源、隨遇而安的優秀素質，使他得以在幾大勢力集團中跳來跳去，玩得溜溜轉，到最後還頗有建樹。這樣的人，世上恐怕找不出第二個來。

小寶的出身低微得不能再低微，這和他日後的成就形成了極大的落差，簡直就是一個天上一個地下。然而也許正是因為這樣的出身帶給他的濃厚的市井氣息，才使他在爾虞我詐的官場中顯得與眾不同，具有獨特的魅力。他不但贏得一大批男性追隨者，還擄獲了七個美貌少女做夫人。

講義氣是小寶身上最優秀的品質，憑著這一點，最後連皇上也奈何他不得。他對皇上講義氣，對天地會講義氣，腳踏兩隻船，無論兩邊怎樣教唆威逼，就是不肯下來。從最初不肯為了一千兩賞銀出賣茅十八，到最後不願傷及皇上與天地會而逃之夭夭，都是為了義氣二字。想來也真難為了他，雖然他油滑機靈，從小便在妓院與官場這兩個最能歷練人的地方長大，甚至還娶了七個夫人，但他畢竟是個孩子。要讓他真的像索額圖等人一樣玩弄權術，紮根於官場之中，與他的性格、習性也太不相吻合。劉邦的流氓氣息雖然與小寶不相上下，然而劉邦畢竟胸懷大志，還寫得出「大風起兮雲飛揚，威加海內兮歸故鄉。安得猛士兮守四方？」這樣的句子。韋小寶可是大字不識幾個的，不學無術且胸無大志的人，所以最後除了三十六計走為上策，他實在也沒有別的路可選擇了。

青樓出身的人，賭博與叫罵自然不在話下，連小寶自己也說他最拿手的本事就只有這兩樣。韋小寶每逢賭錢與罵人的時候，都是如魚得水。伸手就賭，張口就罵，可謂賭技高超，罵技精湛。罵人時也總是口若懸河、妙語連珠。最絕妙的一種罵法即罵別人是他媽媽，不了解他出身的人又怎知其深意？故罵的人高興，挨罵的人歡喜，還以為小寶是個白癡，讓別人佔了便宜都不知道。韋小寶心思敏捷，伶牙俐齒，從妓院帶出來的那些汙穢語言又取之不竭，用之不盡，豈有讓別人佔便宜之理？小寶雖然不學無術，但語言表達能力絲毫不遜色於那些飽讀詩書的朝廷要員。

加上他心無忌憚，口無遮攔，除了在皇帝面前稍有收斂（也只是稍有收斂而已）外，在其他任何人面前都是想說就說。別人不敢說的話，到了他那裡，簡直就像倒豆子一樣蹦地就出來了。更何況他還有添油加醋的本領，很多事情到了緊急關頭，全憑他那三寸不爛之舌扭轉乾坤。忽而皇帝的御前侍衛，忽而天地會青木堂香主，忽而神龍教白龍使，忽而吳三桂的侄兒，他本來就出身低微，也不在乎身分忽高忽低，變來變去。只要能保住腦袋，有錢賭，有美女看，那就是花差花差的快樂人生了，這就是韋小寶的人生哲學。

韋小寶以他那無賴似的幽默、渾身上下洋溢著的小流氓的氣息，當然還要加上從骨子裡冒出來的對朋友的義氣，竟然也贏得了眾人的喜愛。他殺人放火，偷搶拐騙，用情不專，卻還讓人恨不起來。他是一條十足的小泥鰍，具有油滑水光的表面和機靈敏捷的內裡，誰又奈何得他？

雙兒

雙兒

原是湖州府南潯鎮莊家的丫頭，後被莊家三少奶贈與韋小寶。性格忠厚溫順，對小寶最是體貼忠心。所學武功屬五毒教何惕守門下。

雙兒

雙兒是羞答答地玫瑰靜悄悄地開。如果說韋小寶是條大泥鰍，雙兒就是小寶身邊的小泥鰍。每當小寶想對雙兒有所作為時，雙兒就會從小寶身旁迅速地溜過，而且從來不惱不怒，反而笑從雙頰生。

雙兒忠厚溫順，對小寶唯命是從。小寶說一，她絕不說二，小寶指東，她也絕不打西。一個喇嘛站在她面前求饒：「姑娘說我是什麼就是什麼，快快解了我穴道。」雙兒實在是可愛到了無以復加的地步，她想：這樣的大是大非問題怎麼能自己說了算呢？必定要相公拿主意才是。所以她盈盈淺笑：「姑娘說的不算數，相公說的才算數。」硬是讓韋小寶將一個大男人判定為尼姑。湖州莊家不愧為大戶人家，即使是一個小丫頭，也讓他們調教得溫順賢慧，極守婦道。

雙兒不像小寶的其他六個夫人那樣有個性，她幾乎從來沒有自己的主見和思想，也許這就是她的個性。她是小寶的一個小跟班，亦是一件貼心小棉襖，乖巧可人、溫馨暖人。在韋小寶面前，她只有順從，而且是心甘情願、無怨無悔的那種。她的年齡和小寶相差不多，可一旦認定了這個人是她的相公，那麼服從就成了她終身快樂的追求，且不求任何回報。在七個夫人裡，小寶最心疼的就是雙兒了。

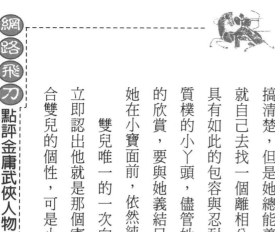

雙兒的忠心，也是其餘六個夫人不能相比的。她總是默默地守候在一旁，小寶需要她時，她就出來履行自己的職責。此時的她非妻非妾非丫頭，什麼身分都還未搞清楚，但是她總能義無反顧地捍衛小寶的一切正當與非正當利益。不需要她時，就自己去找一個離相公不遠的地方落腳，以備小寶不時之需。十三四歲的年齡，就具有如此的包容與忍耐精神，這樣的女孩，實在是打著燈籠也難找的。雙兒是一個質樸的小丫頭，儘管她是那樣的渺小，總算還是有人看到了她的特質。因為吳六奇的欣賞，要與她義結兄妹，使她成為天地會紅旗香主的義妹，身分猛然提高，但是她在小寶面前，依然純真如從前。

雙兒唯一的一次向小寶提出要求，是想為莊家報仇。小寶抓到吳之榮後，雙兒立即認出他就是那個害得莊家家破人亡的罪魁禍首。要向自己的相公提要求，不符合雙兒的個性，可是小雙兒義薄雲天，為了報恩，她一反過去的百依百順，壯著膽子向小寶跪下求情，希望小寶能讓她親手殺了這個混蛋。此時她的羞怯與堅定並存，更讓人憐愛有加，連韋小寶這樣的好色之徒，也不忍對她輕薄。

也許正是因為思想簡單，所以雙兒才能擁有這樣一份持久的、真實的快樂，很難想像一個人的心可以純淨到如此地步。雙兒的世界，就像一片白茫茫的大雪，純潔晶瑩，但是不覺得寒冷。因為這片大雪的上空，有她的相公——韋小寶這個太陽照著，她餘下的生命，必定會在充滿暖意、與世無爭的世界裡延續。

建寧公主

建寧公主

假太后的女兒，自小在宮中長大，不知道自己的真實身分。其生母是明朝大將軍毛文龍之女毛東珠。因為得到康熙的寵愛，刁蠻任性、潑辣好鬥，但是非常喜歡韋小寶。曾跟隨母親和宮中眾多侍衛習武，無門無派。

建寧公主

建寧公主是個冒牌公主。她的母親原是宮女，因存有反清復明的念頭，又與神龍教勾結，囚禁了真太后，自己做了太后，這才使建寧這丫頭此生有機會過一過公主的癮。

然而終究是血統的不同，建寧公主天生就沒有公主的高貴氣質。她瘋瘋癲癲、刁蠻任性，自幼便愛胡鬧，花樣層出不窮，顯示出非皇家血統的本性。可惜那時候順治忙著出家為僧，康熙尚且年幼，誰也沒有注意到她與別的公主有什麼不一樣。她自己的母親出身也不高貴，家境早就沒落，對於名門淑女的禮儀規範一概不知，所以建寧便長成了這樣一個沒大沒小、不倫不類的公主的樣子。

她喜愛韋小寶的理由也很滑稽，因為韋小寶敢罵她，而且不是一般的罵，是極盡羞辱的罵，比如「臭小娘、賤貨」之類。我想天下女子中聽了這樣的叫罵還覺得舒服受用甚至熱烈地盼著下次挨罵的機會早點到來的人，恐怕只有建寧公主一人吧，這絕對是前無古人，後無來者。大凡人們都有一種劣根性，總是認為自己沒有得到的東西才是最好的，可是這條法則竟被公主如此地使用，實在令人啼笑皆非。從小到大周圍的人對她就是百依百順，從來沒有人敢說半個「不」字，公主當了十五年的主子，覺得這樣的生活簡直太乏味了。眼見著身邊這些奴才，倒覺得他們比自己過得開心，所以無論如何也要做一回奴才才行。別人覺得公主就是公主，生來就是公主是再自然再好不過的事，但是建寧公主覺得自己是在「當」公主，她當夠了，要換換新的角色嘗嘗。人啊！她若不是那個命，你怎麼強迫也是沒用的。韋小寶有句話說得好，他被建寧罵做「賤骨頭」時，他便道：「你才是賤骨頭，主子不做做奴才。」說實話，天底下也難得找到比公主更喜歡作踐自己的人了。

雖然不具備公主的氣質，但是本家血統還是正宗的。身為前朝大將軍的外孫女，熱情奔放、胡鬧蠻幹這些特點自然是與生俱來的，她的骨子裡原本就流淌著野蠻的血液。公主不但喜歡挨罵，而且喜歡挨打，連韋小寶這種對三教九流的行徑都熟悉的人也常常被她弄得目瞪口呆。漸漸地，在適應能力極強的韋小寶的密切配合之下，建寧公主將遊戲越玩越大。堂堂一個公主，不僅學會了下蒙汗藥這些下三濫的事情，還公然將韋小寶脫得一絲不掛來玩弄。古往今來，如此不顧皇家臉面、於自己的羞恥尊嚴也不顧的公主就是建寧了。非但如此，在送親的途中，公主一不做，二不休，乾脆來個凰求鳳，主動以身相許。她多少了解韋小寶一些本性，知道自己雖然屬於主動上門，但是量韋小寶這個好色的傢伙也沒本事拒絕，公主對自己的魅力還是有著正確的估量的。要知道這種事情稍有偏差，便只有羞辱自盡的份了，不過也難說，建寧公主的行為是不能以常理測度的。

在韋小寶的七個老婆中，只有建寧公主是自己死纏爛打找上門的，在七個老婆中，她的身分地位也算是最高的。在所有的老婆都永遠不會知道她的真實身分的情況下，她原本還可以顯得威風一些。可是她不好好顧及維護自己的地位，老是由著性子胡攪蠻纏，反而使自己尊貴的身分降低了不少。好在她天性大大咧咧，又不是真的公主，好像從來也沒有真正對主子的身分感興趣過，所以算起來吃虧也不是很大。

方怡

雲南沐王府郡主沐劍屏的師姐，其父輩為沐王府四大家將之一。機智沉著，是「鐵背蒼龍」柳大洪的高徒。

方怡

方怡與韋小寶是天生的一對小冤家（韋小寶還有一個大冤家）。俗話說：「不是冤家不碰頭。」所以他們今生注定要相遇，逃也逃不掉。

方怡與韋小寶初次見面氣氛就十分的不友好。方怡心高氣傲，根本就沒有將韋小寶這個小太監放在眼裡，在自己最危急的關頭一張嘴還是特別硬，倔強無比。好在韋小寶對美女總是能網開一面，否則一怒之下不去救她，讓她死於宮中侍衛的刀下，也就沒有後來的戲了。

方怡對韋小寶的態度有所改變是因為韋小寶救了她的心上人劉一舟。如果她當時知道自己將來還是會做韋小寶的老婆，也許她就懶得去費這個心思了，這樣還可少受一些韋小寶的羞辱。她答應韋小寶救出劉一舟之後自己就永遠服侍他，此話雖然是在逼迫之下承諾的，但她心裡竟然也漸漸當了真，也許因為韋小寶的確也有他的可愛之處。方怡最終選擇了韋小寶而不是她那個貪生怕死、心胸狹窄的師兄，總算她聰明了一次。跟著韋小寶每天吃喝玩樂，優哉遊哉，做不完的遊戲，講不完的笑話，肯定遠遠勝過跟著了無生趣的師兄過日子。

在韋小寶的七個老婆中，方怡的機巧最重。她一正色，小寶就不敢太放肆。方怡是很有主見的女子，在任何時候她都能將自己的事情安排得有條不紊，妥帖之至。她對人總是保持著一定的距離，不能越過她的警戒線，對韋小寶尤其如此。在沒有最終成為韋小寶的老婆之前，她與小寶之間總是有著一道隔閡，不容許韋小寶有比親臉頰更進一步的舉動。方怡心裡的防線是劃得很細緻的。哪一個動作可做，哪一個動作不可做，甚至哪句話可說，哪句話不可說，在她心裡都是有著嚴格的規定。她與小郡主沐劍屏同是來自雲南沐王府，兩人應算是主僕身分，可有時候感覺她比小郡主更為高貴一些。所以一個人倘若自己對自己非常尊重，別人也就會不由自主地跟著這種感覺走了。

方怡後來與沐劍屏都被迫入了神龍教，吃了教主給的毒藥，被迫替教主辦事。雖然是被迫，可是她與沐劍屏的表現還是有所不同。方怡騙了韋小寶兩次，每次都演得十分逼真，唯妙唯肖。第一次方怡受教主指示將韋小寶引入神龍島，一路上溫情無限，柔情纏綿，將韋小寶弄得暈頭轉向，神魂顛倒，演得還真像那麼回事。由此可以看出方怡身上具有做間諜的優秀素質，她好像訓練有素的演員，讓你防不勝防。第二次韋小寶圍攻神龍島，方怡又被迫來搗亂，幾句溫言細語，讓韋小寶一摟一抱，就輕易將他擒住。當然方怡每次能大獲成功，韋小寶也功不可沒，他見了美女就不要命，也不能完全怪方怡。

方怡與韋小寶經過了種種曲折，最終還是成了韋小寶的老婆，只是到最後她也保持著自己的尊嚴，對韋小寶不肯像其他六個老婆一樣百依百順，討好賣乖。她自知對不住韋小寶，說要做幾道小菜補償他，可這就是她的極限了。韋小寶再說下去，她便道：「我跟你賠過不是了，難道還要向你磕頭賠罪不成？」這就是方怡，自始至終堅守住自己的陣地，別人永遠無法完全靠近。

阿珂

阿珂

明朝公主九難的徒弟。陳圓圓與李自成的女兒。兩歲時被九難搶去，教她武功，所學武功屬「鐵劍門」門派。美貌秀麗，喜歡臺灣延平郡王的次子鄭克塽。

阿珂

阿珂與韋小寶是一對大冤家。兩人就像孫悟空與如來佛，阿珂無論怎樣跳躍，怎樣尖叫，怎樣反抗，都跳不出韋小寶的掌心，最後還是乖乖地投降，做了韋小寶的老婆。而且是第一個正式拜堂的老婆，算起來應該是正宗的原配。

阿珂的身世奇特，母親是當時名噪一時的大美人陳圓圓，父親竟是闖王李自成。只可惜她從小被九難搶走，沒有享受到應有的幸福生活。倘若李自成這個短命皇帝能做得長久一些，她也可以弄個公主來當當。她若做了公主，一定比建寧公主爭氣，畢竟是正宗的皇族血統。阿珂繼承了母親的容貌，讓韋小寶過目不忘。第一次見面，一句話未說，韋小寶就在心裡立志要娶她為妻，發誓就是經過槍林彈雨、刀山油鍋，也一定要將她弄到手。有人說夫妻本是前生緣，有善緣，有惡緣，無緣不成夫妻。韋小寶與阿珂兩人應該就是惡緣了。

很長時間內，阿珂對韋小寶都是充滿敵意的。對韋小寶出手也狠，幾次都將韋小寶往死裡整。幸而韋小寶娶她的決心已定，無論怎樣整都屬於內部矛盾，所以也屢次既往不咎。在沒有認清韋小寶的真正本質之前，他在阿珂眼裡簡直就是糞土不如。阿珂的審美標準是絕對現代的，她心中的白馬王子是延平郡王的次子鄭克塽。鄭公子，氣宇軒昂、風度翩翩，讓阿珂一見傾心。儘管她對韋小寶常常是橫眉冷對、兇神惡煞，讓我們經常會忘了她也是一個懂得溫柔體貼的柔情女子，但是她在鄭公子面前的風情萬種，千姿百態，又讓我們相信阿珂不愧是陳圓圓的女兒。比起母親，阿珂又多了一份潑辣，不是一味地對男人順從，即便是自己喜歡的男人，她也絕不會完全失去自我。阿珂是傾向於開放型的女子。

但要說到心計，十個阿珂也鬥不過韋小寶。所以兩個冤家鬥來鬥去，阿珂總是會跳進韋小寶的圈套之中。更讓她惱羞成怒的是，每次自己或自己心愛的人身陷險境時，總是要靠這個讓自己恨得咬牙切齒的死對頭出手相救，方能脫險。儘管如此，阿珂的俏臉從來也沒有對韋小寶綻放過笑容。她被韋小寶救一次，心中對他的恨就加深一層，恨他對自己的折磨，對心愛的鄭公子的羞辱，阿珂只道自己愛鄭公子愛得真切，她又哪裡了解韋小寶內心的痛苦呢？她從來就不相信韋小寶對她是志在必得，直到被逼著拜了堂，都還不相信眼前的一切是真的。

可是女人的心也真是奇怪得很，阿珂被韋小寶胡天胡地的弄出個孩子以後，對孩兒他爹的態度一下子就來了個一百八十度的轉彎，以前恨之入骨的死太監倒成了心中揮之不去的身影了。兩人一路打打鬧鬧，阿珂從來就沒有對韋小寶有過什麼感情，現在卻是見不到韋小寶，一天也要念上個十遍八遍的，搞得身邊的鄭公子好沒趣味。也許是擔心孩子可憐，生下來就看不到他爹，儘管他爹及不上鄭公子的相貌，畢竟還算是個人物。阿珂在最後關頭終於了解了韋小寶，識別了他的價值，沒有稀里糊塗地跟著鄭公子回臺灣。算她聰明。人的一生很長，可是緊要的只有幾步，阿珂雖然少不更事，但是這緊要的幾步她倒是一步也沒有走錯。在她看來，管它善緣惡緣，只要孩子出生就能見到爹，什麼緣都好。

鄭克塽

臺灣延平郡王的次子。曾跟隨武夷派高手施琅、福建莆田少林寺的高手劉國軒及崑崙派高手「一劍無血」馮錫范習武。自以為是，驕傲自負。

鄭克塽

鄭克塽是臺灣延平郡王的次子，雖然是忠良後代，可一點也沒有父輩的氣質。仗著先人留下的功績，自己隨時都感覺良好，總以為人人都應該敬他三分。偏偏遇到個韋小寶，死活不買他的賬。堂堂一個國姓爺的後代，卻被出身妓院的韋小寶當個活寶耍，這臉可是丟得十代八代都找不回來了。

鄭克塽是韋小寶的眼中釘，韋小寶是鄭克塽生命中的剋星。也算他命苦，只要見到韋小寶，他永遠都只有吃不了兜著走的份。他屢次被韋小寶戲弄，卻也拿他無可奈何。這中間除了自己腦筋轉不過韋小寶之外，也可看出他的窩囊與無能，手下一大批能人高手每逢主子遇難時就像是吃乾飯的，誰也救不了他。此外，鄭公子的人格也是有問題的，自己無德無能，卻喜歡擺出一副高高在上的樣子，俯視一切，這也是他處處碰壁吃虧的原因。

鄭克塽對阿珂的感情也是半真半假的，他要阿珂還不如韋小寶要阿珂的心意堅決。男人見了美女，十個有九個都把持不住，鄭公子這樣的虛偽之人更是不能排除在外。他對阿珂的親密，對韋小寶師父陳近南的輕慢，只能讓韋小寶對他恨之愈深。鄭克塽是一個典型的好了傷疤忘了疼的人，生命危在旦夕時，他什麼話都可說，什麼承諾都可作，但是警報一旦解除，他便將一切都置於腦後。這也是韋小寶對他恨之入骨的原因。所以說這位鄭公子是沒有血性的人，雖然也是王爺的後代，身上卻絲毫沒有大將風範。命在旦夕時，對韋小寶發誓不與阿珂說一句話，待韋小寶前腳一走，便與阿珂一起來謀殺自己的救命恩人，這種人，換誰誰也不會原諒他。

以延平郡王次子的身分作威作福，是鄭克塽又一個致命的、讓人厭惡的弱點，給人一種狐假虎威的感覺。拿著雞毛當令箭，招搖過市，還洋洋自得，沾沾自喜。假如臺灣真的落在他的手中，對臺灣人民來說絕不是什麼福音。鄭克塽不僅無能，而且兇狠。他自恃自己的身分了得，可以主宰別人的生死，在關鍵時刻對陳近南痛下殺手。陳近南一生對鄭經忠心耿耿，將自己的身家性命都交給了鄭家，到頭來卻死在這個糊塗無能的鄭克塽手裡，實在是萬分不值。鄭克塽闖下此禍，韋小寶自然不會放過他。當他又一次命在旦夕之時，他的狐狸尾巴就怎麼也藏不住了。阿珂再重要，也不及他的生命重要。再說他也實在沒有別的值錢的東西可以抵給韋小寶了，他在韋小寶面前已經負債累累，八輩子也還不清。為了活命，他竟然將阿珂抵押給韋小寶，最後乾脆一萬兩銀子賣斷，以絕後患。不過這樣也好，阿珂終於有機會認識到她心愛的鄭公子的真正嘴臉，從此便可死心塌地地跟著韋小寶過日子了，這也許是鄭克塽對韋小寶做的唯一一件好事。

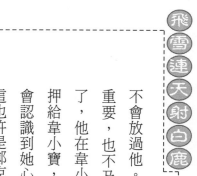

國家圖書館出版品預行編目資料

飛雪連天射白鹿／ 春曉，元迎探惜著. --
一版.--臺北市：大地，2005〔民94〕
面；　公分. --（大地叢書；2）

ISBN 986-7480-33-3（平裝）

1. 金庸－作品評論　2. 武俠小說－評論

857.9　　94011772

飛雪連天射白鹿

大地叢書 002

作　　者：春曉、元迎探惜

發 行 人：吳錫清

主　　編：陳玟玟

出 版 者：大地出版社

台北市內湖區內湖路二段103巷104號

劃撥帳號：〇〇一九二五二～九

戶　　名：大地出版社

電　　話：（〇二）二六二七七七四九

傳　　真：（〇二）二六二七〇八九五

印 刷 者：普林特斯資訊有限公司

一版一刷：二〇〇五年七月

定　　價：180元

E-mail：vastplai@ms45.hinet.net

Printed in Taiwan